素直になれたら私たちは

白石さよ

STARTS
スターツ出版株式会社

目次

素直になれたら私たちは

素直になれたら私たちは

プロローグ　離婚、しました

その日、琴莉(ことり)は実家に続く夜道をとぼとぼと歩いていた。

時刻は終電も近い夜更け。

都心から電車で一時間以上かかる郊外に並ぶ家々の窓は暗く静かで、街灯のまばらな道には、この時間になると人影はおろか車の往来もほとんどない。人の存在が感じられるのは、道の遠い先に見えるこの辺りで唯一のコンビニの明かりだけだ。

琴莉が引きずる大きなキャリーバッグの車輪は粗いアスファルトに始終躓き、すっかり寝静まった住宅街に騒々しい音を響かせている。心の中で平謝りしながら、駅から徒歩十五分の距離にある実家を目指した。

琴莉がこんな真夜中に人目を憚(はばか)るようにして実家に帰ってきたのには訳がある。

これまで住んでいた部屋の退去やわずかな家財道具をトランクルームに運ぶ作業が夜までかかったから——というのはたしかにそうなのだが、つまりどういうことかと言うと、これは単なる帰省ではなく〝出戻り〟だという、あまり大声では言いたくない事情があるからだ。

（やっと着いた……）

大きな月極駐車場に面した区域の角地、〝藤崎（ふじさき）〟の表札がかかる白い壁の家。

いつでも帰ってこられる距離に住んでいたのに、今は世界の果てから辿り着いたような気分になる。

安堵だけでなく、こんな形でここに帰ってくるはずではなかったという無念さがない交ぜになり、明かりのない暗い窓を複雑な思いで見上げた。

駅から少し距離があるこの地域は夜になるとあまり人通りがなく寂しいので、学生時代は母がいつも車で駅まで迎えに来てくれていた。

しかし今日はそれを頼めない。なぜなら、現在両親はスローライフを送るため田舎に移住中で不在なのだ。逆にそうでなければ、離婚したことをまだ両親に明かせていない琴莉がこうしてここに帰ってくることはできなかっただろう。

音を立てないようキャリーバッグを持ち上げてレンガ敷きのポーチを用心深く進む。

玄関への段差を上がったところで、琴莉は同じく明かりのない隣家にちらりと視線を向けた。

ごく一般的な外観の琴莉の家とは違い、お隣はコンクリート打ちのモダンなデザインだ。そこに住む岩舘（いわだて）家とは以前から家族ぐるみの付き合いだったが、岩舘夫妻も琴莉の両親とともに田舎暮らしに挑戦中だと母から聞いている。琴莉より四つ年上のひとり息子がいたが、きっと彼ももう独立してここにはいないだろう。

そう——ずば抜けて優秀で、抜群のルックスで女の子にもてて、琴莉など視界の隅にも存在できないような、近くて遠い幼馴染。

あまり楽しくない無益な回想を閉じ、琴莉は溜息をひとつついて玄関の鍵を開けた。

「ただいま……」

誰もいないとわかっているのに、この家で育った年月がそうさせるのか、出戻りの後ろめたさのせいなのか、小さな声ながらつい挨拶してしまった。

当然ながら家の中はしんと音がするほど静まり返っていて、それを求めて帰ってきたというのに心細さがひたひたと迫ってくる。

リビングの明かりを点けてキャリーバッグを運び込むと、琴莉は悄然とソファに腰を下ろして膝を抱えた。

長期留守にするため家の中は殺風景に思えるほど片付けられていて、そのせいで余計に自分はここにいてはいけない存在だという罪悪感が募ってしまう。

〝お母さんたちの役目もこれで終わったのね〟

結婚式で母が見せた涙と笑顔が蘇る。離婚したことを知ったら両親はどれだけ悲しむだろう。

そして離婚歴を抱えてひとりで生きていく娘をこれまで以上に心配するはずだ。親としての務めを終えて、憧れていた田舎で第二の人生のスタートを切ったばかりだというのに。

両親に離婚の経緯をどう告げるかを考えた琴莉は震える息をのみ込んだ。

（ごめんなさい……まだ、無理……）

離婚を決意する事件が起きたのは半年前。しかしあの出来事を誰かに説明することは、琴莉にとってまだ耐えがたい苦痛だった。

サイドボードに琴莉の結婚式の写真がフォトフレームに入れて飾られているのに気づき、琴莉は抱えた膝に顔を埋めた。とてもではないが直視できなかったのだ。

職場の仲間と笑顔で写真に収まるふたり。幸せな未来を信じていたあの時、すでに彼はこの写真に写る琴莉の後輩と――。

たまらずに洟を啜った時、突如玄関ドアに鍵が差し込まれる金属音が響いた。

ぎょっとして顔を上げる。

（何……？）

玄関ホールからガチャガチャと二重鍵が外される音が鋭く響き、続いてドアが開く音がした。

（う……嘘）

ついこの間両親は畑の収穫で大忙しだと言っていたから、ここに帰ってくるはずはない。涙も感傷も吹き飛び、恐怖に戦（おのの）きながらなすすべなくソファの上で凍りつく。

玄関から廊下を進む足音は重く、男性であることがわかる。それは容赦なくリビングに向かってくる。

万事休すと、これまでの人生が走馬灯のように脳内を巡ったその時、リビングのドアが勢いよく開いた。

「……えっ？」

悲鳴をあげかけた琴莉は侵入者の意外な正体にしばし状況が掴（つか）めず、穴が開くほどその男の顔を見つめた。

リビングの入口に立つのは背の高い男。スウェット姿で、手にはゴルフクラブを握っている。

しかし、強盗——ではなかった。

「…………」

男もかなり驚いている様子で、ドアを開けた姿勢のままましまじと琴莉を見つめている。

身長は一八〇センチを超える長身。切れ長でクールな印象の目、すっきりと整った顔立ち。少し不遜に見える口元は昔と変わっていない。

まともに顔を合わせるのは十年ぶりぐらいだろうか。久しぶりすぎて彼だと理解するまでにしばしの時間がかかったが、それは隣家のひとり息子である岩舘孝太郎だった。

しかし、お久しぶりですとか、こんばんはとか、そんな一般的な挨拶を交わしている状況ではない。

「な、何で勝手に入ってくるの」

強盗ではなかったものの、今度は別の方向に動転した琴莉の口からまず出たのは抗議の言葉だった。

ところが喧嘩腰に言ったあとで不安になった。十年もまともに顔を見ていなかったのでは、存在感が薄くあまりぱっとしない隣家の娘の顔など、孝太郎は覚えていないのではないだろうか。

しかも学生だった十年前と違って、薄いとはいえ今はメイクをしている。

ちなみに眉が薄い琴莉の顔を眺めて当時の孝太郎が放った〝マロだな〟という無神

経なひと言は、いまだ琴莉の記憶にはっきりと染みついているのだが。

あまりに彼が琴莉を見つめるのでそんな不安に襲われたが、孝太郎は琴莉が誰なのかわからなかったわけではないらしく、しばしの沈黙のあとあっさりとした口調で答えた。

「留守宅を頼まれて鍵を預かってるんだけど」

ああ、この素っ気ない喋り方。

十年前と比べて当然ながら学生っぽさが抜け、すっかり大人の男になっていたが、その声も口調も昔と変わっていない。

「泥棒かと思って来てみたけど、悪かったな」

「い、いえ、ご心配をおかけしてしまって……」

琴莉のたどたどしい返答は着地点もなくフェードアウトした。突然の再会で動揺しているうえ、幼馴染と言えるのか微妙な距離感のある相手だ。がらんとしたリビングに沈黙が落ちる中、ぎこちなく見つめ合う。

すると孝太郎が口を開いた。それは琴莉にとって意外な言葉だった。

「会う機会なかったから二年も経って今頃だけど、結婚おめでとう」

〝二年も経って〟という言葉に琴莉は少し目を見開いた。笑顔ひとつなくぶっきらぼうな口調だが、ほとんど存在を意識することもなかったであろう隣家の幼馴染が結婚した時期を孝太郎はきちんと覚えていてくれたのだ。

とはいえ今の琴莉にとっては決まりが悪いことこの上ない。

「あ、あの……」

「まあ空き巣でなくてよかった」

ありがたいことに孝太郎はその話題に大した興味はないらしく、さっさと話を切り上げた。

「いつまでここに？　それまで鍵を返しとく」

孝太郎は玄関へと向きを変え、手にしていた鍵をドア横の棚の上に置いた。用件のみで取り付く島もないこの感じも昔のままだ。

しかし、それは琴莉にとってかなり都合の悪い質問だった。

「いつまで……？　あ、ええと、しばらく。いや結構ずっと」

「え？」

琴莉の意味不明な返答に、リビングから出ていこうとしていた孝太郎が怪訝そうに振り返った。

こんな予定外の相手に知られたくはないが、嘘をついたところでいずればれる。そうなると下手な嘘は余計にみっともない。

「あの……つまり……」

何かうまいごまかし方はないだろうか？　往生際悪く琴莉は必死に考えたが、孝太郎のクールすぎる目が〝早く答えろよ〟と言っているようで、余計に頭の中が散らかっていい案が思い浮かばない。

どう足掻いたところで、恐ろしく頭が切れる孝太郎が相手では琴莉の浅知恵など通用しないだろう。観念した琴莉は気まずさと恥を忍び、渋々白状した。

「実はその……離婚、しました」

孝太郎の切れ長の目がこれまで見たこともないほど丸く見開かれるのを、琴莉はただ身を縮めて見つめ返すしかなかった。

第一章　隣の苦手な彼

琴莉と孝太郎の出会いは、琴莉の中学一年生の春に遡る。隣に岩舘家が引越してきたのが始まりだ。

両親たちはすぐに意気投合し、双方ともにひとりっ子家庭だったため家族ぐるみの付き合いが始まった。

兄弟がいないことを気にしていた親たちはこれで子供たちもいっそう家族レジャーを楽しめるはずだと思ったらしい。

しかし、当の本人たちにとっては〝ありがた迷惑〟だった。少なくとも琴莉にとってはそうだ。

孝太郎はずば抜けた秀才で、父親の転勤で慌ただしく転居が決まりほとんど志望校対策ができなかったにもかかわらず、県下有数の進学校の編入試験に難なく合格した。聞けば、塾に通わなくても模試では常に全国順位が一桁だという。

そんな無敵の威光に彼の不愛想な性格も相まって、元々人見知りするところがある琴莉は孝太郎にどう接していいのかわからなかった。というより、苦手意識すら抱いていた。

孝太郎は安易に他人に迎合せず、口数は多くないが物事の本質を遠慮なく指摘する鋭さがあった。

彼と会話すること自体が稀だったので、琴莉がそうした舌鋒(ぜっぽう)を向けられることはほとんどなかったが、彼の前ではどうしても委縮してしまう。

そもそも中学一年生の女子にとって四つも年上の男子高校生は未知の生き物だ。はるかに高い背丈も有名進学校の制服も彼を遠く感じさせた。大人になった今ならともかく、子供の頃の四歳差は大きい。

孝太郎が抜群に魅力的なルックスであることにも気後れした。

隣家の前にはよく女子たちがやってきてうろうろしていたが、孝太郎がまるで相手にしないらしく、たまたま学校から帰宅した琴莉が彼女たちに捕まり、プレゼントを渡してくれと頼まれることもあった。

野暮ったいジャージ姿の隣家の中学生など、彼女たちにとっては敵視すべき女子の範疇(はんちゅう)には入らないのだ。

仕方なく岩舘家のインターホンは押すものの、出てきた孝太郎の母親にプレゼントを託すと、本人が出てくる前に脱兎のごとく逃げ帰ったものだった。

一方、優れたスペックを揃えた孝太郎に対し、琴莉はすべてにおいて突出したところがない普通の子だった。

ずば抜けた頭脳の持ち主ではないし運動神経も壊滅的に鈍いが、腐らずに亀のごとくこつこつと努力するタイプだ。人と争うのが苦手な性分のため、自分が主役になるより相手の役に立つことの方が好きだった。

容姿もそんな性格を表していて、丸く垂れ気味の目に卵型の輪郭の顔は周囲によく和み系だと言われる。

ファッションに疎く冒険心もなかったので、学校のジャージでいるのが一番落ち着いた。体型も平均より少し小柄で、いろんな意味でまったく棘を持たない女の子だった。

そんなふうに対照的なふたりだが、子供の多い賑やかな家族レジャーに理想を描いていた両親たちはしょっちゅう琴莉と孝太郎を動員して両家合同レジャーに繰り出した。

しかし孝太郎はもう高校二年生で、そうしたことを喜ぶ年齢ではない。琴莉の方も今までは自分ひとりのペースでそれなりに楽しんでいたのに、スポーツでもハイキングでも鈍臭さを他人に晒す羽目になり、休日の行事は途端に緊張を強いられるものになった。

例えば、どこかの牧場に行った時のこと。各種の体験イベントにふたりを参加させて喜んでいた親たちは、牧場名物のソフトクリームを子供たちに食べさせようと思いついた。

ところが孝太郎がばっさりひと言〝いらねえ〟と言ったため、大人たちをがっかりさせたくなかった琴莉はつい〝食べる〟と答えてしまった。

真夏の炎天下、ベンチに腰かけてソフトクリームが溶けるスピードに負けるまいと必死に舐める。元々食べるのが遅い琴莉はコーンに入ったアイスなどは下から垂れる結果になるので苦手だった。さらに先ほどバター作り体験イベントでパンを食べたばかりだったので、すでにお腹はいっぱいだ。

そんなことにはお構いなしに親たちは琴莉の隣で手持ち無沙汰に待つ孝太郎とのツーショットを眺めてはほれぼれしている。

『幼馴染っていいわねえ』

『まるで兄妹みたい』

こうして孝太郎と並べられる時、いつも琴莉は内心居心地が悪くて仕方がなかった。

子供にだって自分たちの格差ぐらいはわかる。ついさきほど牧草地の牛の糞で滑って転ぶという無様な大失敗をやらかしたばかりの琴莉にはなおさらだ。

（孝太郎はこんな妹いらないって思ってるだろうな……）

隣で黙ってスマホを見ている孝太郎を意識しながら話しかける勇気もなく、手にしているソフトクリームに夢中になっているふりをする。

しかし、ここで恐れていた惨事が起きた。ソフトクリームのコーンがふやけて下から垂れ、服を汚してしまったのだ。

『まー琴莉ったら何してるの！　ドジなんだから』

『あらあら、大変』

母親たちの騒々しいお喋りは何のデリカシーもなくそのままの勢いで琴莉の失態に向けられた。お気に入りの服のど真ん中にチョコレート色のシミがついてしまい、自分の格好の悪さが余計に沁みる。

ハンカチで服を拭いていると、膝の上にポイとウエットティッシュのパウチが投げ込まれた。さきほど牧草地で転んだ時にもお世話になったパウチで、投げたのは孝太郎だ。

ところが〝ありがとう〟と言おうと思って顔を上げた琴莉に、無表情な孝太郎から冷ややかなひと言が降ってきた。

『食べたくないならはっきり断れよ』

たしかにその通りだが、こんな時ぐらいもう少し優しい言い方があるだろう。というより、わざわざ言わなくても放っておいてくれたらいいではないか。いや、元は孝太郎に協調性がないから琴莉が気を遣って食べたのに。

言いたいことはたくさんあるが突っかかる勇気などなく、そもそも逆恨みでしかないことは自覚している。無邪気にアイスを食べているふりをして親を喜ばせても、孝太郎の目はごまかせない。気が小さい自分の欠点を暴き出されたようで、琴莉はさらに落ち込んだ。

もっとも、まもなく孝太郎が高校三年生になり大学受験を目前にすると、さすがに親たちの合同家族レジャーブームは下火になっていった。

平和な休日を取り戻せた琴莉はほっと胸を撫でおろしたが、その頃から孝太郎が同じ学校に通う同級生の女子と一緒にいる姿をたまに目撃するようになった。

孝太郎一家が引っ越してくる前から才色兼備の高嶺の花として地元では超がつくほど有名だった二谷美佐子（にたにみさこ）だ。

三年になりふたりが同じ予備校に通い始めたとは聞いたが、それは家族行事から自由になった孝太郎の時間が琴莉の知らない世界に切り替えられたことを感じさせた。

際立つ容姿のふたりが一緒にいる様は注目の的になった。

『あのふたり、受験が終わったら付き合うのかしら』

『さあ……』

『高嶺の花の美佐子ちゃんを射止めるなんて、孝太郎くんモテるのねー。美男美女でドラマに出てきそう』

『そうだねぇ』

母の話に適当に相槌を打ちながら、琴莉はほれ見たことかと心の中でぼやいていた。だから不釣り合いなのに幼馴染とか妹とか言うのはやめてほしかったのだ。

そもそも高校生にもなれば家族レジャーよりやりたいことがたくさんあるだろうに、ダシにされた琴莉の立場の悪さといったらない。

秀才のシンボルでもあるその進学校の制服を着て並んで歩くふたりは近寄りがたいほど眩しく見え、琴莉の中で〝孝太郎は別世界の住人〟という意識はこの頃に決定的になった気がする。

その後、孝太郎が国立難関大の理系学部に進学して以降はほぼ親だけの付き合いになった。

家の出入りなどでたまにふたりが道ですれ違うことがあってもよそよそしく会釈す

る程度だ。琴莉の方はむしろ出くわさないよう避けてすらいた。

そうして琴莉が都内の大学に進む頃には孝太郎とはすっかり縁遠くなり、たまに母親づてに彼の近況を耳にする時以外はその存在すらも意識から薄れていった。

それは大学に入った琴莉が過去の自分の殻を打ち破るため意識的に家という狭い社会から広い世界へ活動の場を広げたからでもある。

それまでの琴莉は周囲に嫌な思いをさせないよう気を遣う性格のせいで、学校では損な役回りを引き受けがちだった。

目立つタイプの女子たちに強引に〝友達〟にされることが多かったが、棘のない琴莉は自己顕示欲の強い彼女たちにとって優越感を満足させるのに便利だったのだろう。

彼女たちから日々繰り出される過剰な自慢や琴莉の容姿への上から目線な言葉に不当な劣等感を植え付けられながらも、琴莉は辛抱強く学校生活を乗りきった。

厳しい学校社会ではそうでなければ居場所を失うからでもあるが、琴莉が性善説の人間で、相手の嫌な部分より長所を見ようとする性格だからでもある。

とはいえ、あくの強い人間がうごめく世間では、意識して身を守らなければ普通の人間が平和に生きることは難しい。

都内の大学に進学して新しい環境になると、琴莉はそれまでの自分からの脱却を目指した。億劫がらずにいろいろなサークルやアルバイトに挑戦して引っ込み思案な性格を矯正し、ファッションやメイクも工夫して昔よりは垢抜けたと思えるようになった。

そうして就職した中堅の事務用品メーカーで、琴莉は初めての恋をした。会社の二年先輩である須永隼人（すながはやと）に告白されたのだ。

隼人は琴莉と同じ営業部で、営業事務である琴莉がアシスタントを務めている相手だった。

当初、ルックスがよく社内の女子に人気がある隼人と恋人になることなど夢にも望んでいなかった琴莉は、ただ純粋に真面目に隼人をサポートしていた。ところが、驚いたことに隼人がアプローチしてきた。

自分は隼人と釣り合わないのではないかと琴莉は悩んだが、隼人に熱心に口説き落とされる形で交際が始まった。

〝琴莉の純粋で一生懸命なところがいい〟

何もかもが初めての琴莉を隼人は大切にしてくれた。そうして琴莉の二十六歳の誕生日、隼人にプロポーズされたのだった。

結婚当初の琴莉は幸せいっぱいだった。子供の頃は鈍臭くて、精一杯頑張っても学校の成績も大学もすべて〝そこそこ〟でしかなく、親の期待に応えられないことを申し訳なく感じていた。

でも自力で殻を破って人並みに恋をして、ようやく自分の居場所を見つけることができたのだ。幸せになった姿を両親に見せてあげることができたのも嬉しかった。

ところが、夫となった隼人はじわじわとその本性を現し始めた。

隼人以外の男性経験がない琴莉はよくも悪くもまっさらで、加えて元々容姿に自信がない。

隼人は琴莉のそうした引け目を利用した。

美人で仕事ができる同僚女性をことさら褒めそやしたり、テレビに出てくる家事育児を完璧にこなすバリキャリ女性を〝理想〟だと絶賛することで琴莉に暗黙の圧をかけたのだ。

そうして加虐心を満たし、意のままに琴莉を支配しようとした。

〝完璧にできなくても、焦らなくていいよ〟

慣れない家事と仕事を両立する琴莉に、隼人はいつも優しく〝寛大〟だった。しかしその言葉は琴莉が合格点に届いていないと伝えている。

そして自分は一切家事を負担せず外での人付き合いばかりを優先する。琴莉は次第に疲れ、自分自身にも結婚生活にも迷いを抱えるようになっていった。

そんな関係にピリオドを打つ日は突然やってきた。

琴莉の後輩である野村留美（のむらるみ）が新居に泊りがけで遊びに来た時のことだ。

琴莉と隼人が婚約した際、人事ルール上の都合で琴莉は隼人のアシスタントから外れなければならず、営業部内で担当替えが行われた。

その際に隼人の新しいアシスタントになったのが留美だった。

留美は狙った男は必ず落とす魔性の女タイプだが、気さくな性格で琴莉とは普段から仲よくしてくれていた。

しかも隼人のアシスタントでもあるし、琴莉は留美の来訪に何の疑念も持たなかった。むしろ隼人の仕事を円滑にするためにも大歓迎だと思っていた。

夕飯のあと三人で飲んでいるうちに琴莉は眠気に耐えられなくなってきた。留美のために夕飯は頑張ったメニューにしたし、金曜日の夜で家事と仕事の疲れも溜まっていたせいだ。

『無理しないでいいから少し寝ておいでよ』

隼人にそう勧められた琴莉は寝室で横になった。ここからが楽しいのに、寝てしまうのはもったいない。少しだけのつもりだった。

ところが結構寝入ってしまい、夜中に目覚めた琴莉はまだ明かりが点いているリビングに慌てて戻ろうとした。……が、ドアにかけた手が凍りついた。ドアの向こう側からあらぬ声が聞こえてきたのだ。

『や……聞こえちゃう』

『大丈夫だって。あいつ一度寝たら起きないし』

『私らのこと全然気づいてないしね』

忍び笑いに交じり、吐息や喘ぎ声も聞こえてくる。

『あーやっぱ留美最高』

何が起きているのかを理解した琴莉は顔面蒼白になりながらも静かに後退り、音を立てないように必要最低限のものをバッグに詰め込んだ。

こんな時は脳が自身を守るために感情をシャットアウトするのか、その場で涙を流すことも怒ることもせず、あとから考えたら不思議なほど黙々と正確に行動した。

幸いなことに寝室は玄関に近くリビングを通らずに済むので、数分後には琴莉はそっと家をあとにしていた。

何も考えられなかったが、もうここには戻らないということだけは固く決意していた。

その夜からしばらくはビジネスホテルに泊まった。

隼人からはうんざりするほど電話がかかってきたし、当然ながら翌週以降は会社で顔を合わせる。

隼人は琴莉の勘違いだと言い張って留美との浮気を認めようとしなかったが、留美は悪びれもせず認めただけでなく、琴莉をさらに突き落とす事実――結婚前からふたりが関係していたことも明かした。

なかなか離婚に応じようとしない隼人との話し合いの間、どうしても隼人と同じ空間にいることに耐えられなかった琴莉はワンルームを借りて凌いだ。

そうしてようやく離婚は成立したが、今度は住居問題が琴莉を追い詰め始めた。できるだけ早い決着を優先したため慰謝料はもらっていない。就職してからこつこつと積み立てていた貯金は結婚時にかなり減ってしまっている。

格安のワンルームとはいえ毎月数万円の家賃はばかにならず、これからひとりで生きていくため貯金に励みたい琴莉にとっては悩ましい支出だった。

琴莉の両親は以前から田舎での自給自足生活に憧れていたため、ひとり娘の結婚を機に父親は一大決心をして会社を早期退職、田舎に移住していた。

実際にやってみると容易いことではなく、今も試行錯誤ばかりだそうだが、農業の奥深さに魅せられた両親は生き生きと楽しそうだ。

この数か月、母親と電話で話す度に琴莉は何度も自分の状況を告げようとしたが、どうしても言えなかった。

両親はきっと畑を放り出して慌てて帰ってくるだろう。嘆き悲しみ、心配もするだろう。

おっとりした性格ながら琴莉は芯が強く、困った時に自分ひとりで立ち直ろうとするところがあった。

明るく笑って〝大丈夫、心配しないで〟と言えるまで――。

そのためにも精神的に立ち直るだけでなく、できるだけ支出を抑えて貯蓄に励んで経済的な援助は不要だと両親を安心させてあげなければ。

そういうわけで琴莉は罪悪感を抱きつつも、ワンルームの家賃を節約するため空き家となっている実家をしばらく使わせてもらおうと思いついたのだった。

＊＊＊

それなのに帰宅五分後にはこうして孝太郎に踏み込まれてしまい、早々に離婚を白状する羽目になっている。

〝実はその……離婚、しました〟

孝太郎と琴莉の間に落ちた沈黙に、さきほどの台詞がエコーでもかかったように漂い続けている。

琴莉は決まりの悪さに耐えかね、苦し紛れに口を開いた。自分で落とした爆弾は自分で回収しなければ。

「それが……両親にはまだ言えていなくて」

事情を説明して口止めしておかなければ孝太郎から岩舘夫妻へ、岩舘夫妻から琴莉の両親へと伝わってしまう。

琴莉はそれを避けたかった。騒ぎを大きくしたくないというだけでなく、その事実を最初に両親に告げるのは琴莉自身の言葉でありたいと思うからだ。

できるだけ両親のショックをやわらげられるように、ソフトランディングできるように。

しかし精神的な打撃から回復できていない琴莉には、終わったこととして笑顔で冷静に報告することなどまだできそうにない。

わがままかもしれないが、琴莉が望むタイミングで告げたいのだ。

「いろいろあって……、両親に心配かけないように、笑顔で……」

できるだけあっさりドライに言いたいのに、声が震えてしまって説明にならないま言葉が途切れる。琴莉は深呼吸をひとつしてから続けた。

「笑顔できちんと説明できるようになるまでは言いたくないの。それと、ここに来たのは家賃を節約して貯蓄を頑張ろうと思って」

かいつまんだ説明ではあるが、親に言えていない理由と、ここに帰ってきた理由はこれでわかってもらえるだろうか。

琴莉が話し終えると、それまで黙って聞いていた孝太郎がわずかに口を開きかけ、また閉じた。

いったい何を言おうとしたのだろう。驚いた表情を見せたのは離婚という言葉を聞いた最初だけで、無表情に戻った今の彼の顔からは昔と変わらず感情は読み取れない。

しばしの沈黙のあと、孝太郎はたったひと言、素っ気なく答えた。

「……そうか」

それを聞くとどっと安堵が押し寄せ、同時に情けなさも込み上げてきて琴莉は俯いた。

事態が好転したわけでも何でもない。それでも事情を知っている人間がいることで、肩の荷が少しだけ軽くなったような気分になった。

俯いた琴莉の視界の中で、両脇に下ろされた孝太郎の手にほんの少し力が込められた気がしたが、顔を上げて孝太郎の表情を見る前に彼は再びこちらに背を向けた。今度こそ帰るのだろう。

「じゃあ。何か困ることがあったら言えよ」

リビングのドアが閉まったあとで、玄関に向かう孝太郎の声が廊下から響く。

「最近この辺りで空き巣被害が多いらしいから、俺が出たあとすぐに鍵かけろよ」

続いて玄関ドアの重い音が響き、それきり家の中はまた琴莉ひとりの静けさに戻った。大して会話もなく沈黙するばかりの数分間だったのに、いなくなると静けさの質量が変わったように感じられるのが不思議だ。

琴莉は溜息をついてのっそりと立ち上がり、玄関の鍵をかけに行った。

再びのろのろとリビングに戻ってしばらくすると、隣家の方向から玄関ドアの音が聞こえた。そうして完全な静寂が訪れる。

何度も一緒にレジャーにも出かけながらほとんど喋った記憶もない、兄でも幼馴染でもない隣の苦手な彼。

大人になり過去の自分からは見た目だけでも脱皮したつもりでいたが、頭脳も外見もこれといって取り柄のない昔の琴莉を知り尽くしている孝太郎の前では何もごまかせない気がした。結婚して華麗に独り立ちしたつもりだったのに、昔の自分はまだここにいる。

「きっと相変わらず駄目な奴だなって思ってるんだろうな……」

元通りにソファの上で膝を抱えた琴莉は吹き抜け窓の上に広がる夜空を見上げて何度も溜息をついた。


実家に戻ったこと以外は何の変化もない琴莉の日常がまた始まった。

都内から郊外に移ったことで通勤時間はかかるようになったが、慣れ親しんだ土地の安心感は疲れて傷ついた心には心地よかった。

持参したのはキャリーバッグひとつだけなので旅行中のように足りないものだらけだが、慣れるとさほど困らない。

ワンルームを引き揚げる時に借りたトランクルームに必要なものを取りに行けば済むし、実家であっても出戻りの居候で、しかも内緒で滞在している身では盛大に物を運び込むほど図々しい気分にもなれない。

とはいえ通勤着は持ち帰ってきたものの、パジャマまではキャリーバッグに余裕がなく持参できなかった。そこで役に立ったのが、結婚時に実家に残していった古びたジャージだ。

「これこれ」

クローゼットにそれがあるのを見つけた琴莉は懐かしさに思わず微笑んだ。中高時代の体育の授業用のジャージで、社会人になってからも琴莉が家で愛用していたものだ。

運動神経が鈍いので体育の授業の思い出は黒歴史でしかないが、制服と同じくこれを着ていれば褒められることもけなされることもなく平和に埋没していられる。着心地以上に、琴莉にとってそれは最大の利点だった。

久々に袖を通すと、懐かしさとともに切なさも胸を浸した。

これを着ていた頃の琴莉は安全な場所にいて、本当の傷をまだ知らなかった。離婚手続きも含めたこの二年の道のりを、いつか人生に必要な失敗だったと笑えるようになりたい。

でも飛び立とうとして羽を折った琴莉には、まだ時間が必要だった。

孝太郎とは最初の夜以降は顔を合わせていない。彼は車で通勤しているらしく、夜にエンジン音や隣家の玄関ドアの音が聞こえるのでその存在がわかる。

琴莉の母親から聞いた話では、孝太郎は大学の博士課程まで進んだあと、たしか製薬会社の研究所に勤務しているということだった気がする。

いずれにしても相変わらず琴莉と違って優秀でエリートらしい。

昔と変わらず接点も取り付く島もなく仲よくなれそうにもないが、夜遅くに隣家のドアの音が聞こえると、一軒家でひとり暮らしをする女にとっては少し安心できた。

ところが、心癒される環境に戻って再出発しようとしていた琴莉にかつてない事件が起きた。

実家に戻ってきて一週間ほどが過ぎた夜、会社から帰宅してリビングの明かりを点けた琴莉は、その異様さに一瞬何が起きているのか理解できずに立ちすくんだ。

それは恐ろしい光景だった。整然と片付いていたはずのリビングは、床という床にありとあらゆる物が散乱している。戸棚の引き出しがすべて引き抜かれて中身を床にぶちまけられているのだ。

〝最近この辺りで空き巣被害が多いらしい〟

最初の夜、孝太郎が帰り際に言った言葉が脳裏に蘇った。

空き巣だ――。

そう悟った瞬間、恐怖に慄いた琴莉は玄関から外に飛び出していた。

まだ家の中にいるかもしれない。いや道に、すぐそこにいるかもしれない。夜の闇も手伝ってすべてが恐ろしくて、どこに行けば安全なのかすらわからない。

琴莉が咄嗟に見上げたのは隣家だった。隣家のガレージには孝太郎の車があり、窓には明かりも見える。

孝太郎に迷惑をかけてしまうことは申し訳なかったが、今は恐怖の方がはるかに大きかった。

『どうした？』

インターホンを鳴らすと、少し緊迫した孝太郎の声が聞こえた。モニターに映る琴莉の表情に異変を感じたのだろうか。

「ああ…あの……い、家が」

せめて〝藤崎です〟と名乗るぐらいの礼儀は守りたいのに、震えて歯の根が合わず、第一声はまともな言葉にならなかった。息を吸い込んで言い直そうとしたが、孝太郎の方が早かった。

『待ってろ、すぐ出る』

インターホンからその声が聞こえたかと思うと、琴莉がその言葉を理解するよりも早く玄関ドアが勢いよく開いた。帰宅してまだ間もないのか、孝太郎はネクタイ姿だった。琴莉にとっては初めて見る姿だが、今はそれどころではない。

「何かあったのか」

門扉の前で震えている琴莉を認めると、孝太郎は長いポーチをわずか数歩でやってきた。

琴莉が通勤着でバッグを抱えたままなので、非常事態だということはすぐに察したらしい。

「あ、あの……家が、たぶん空き巣に」

琴莉の言葉を聞くや否や、孝太郎はすぐさま藤崎家に行こうとした。その腕を琴莉が慌てて掴んだ。

「ま、待って」

はずみで自分のバッグを地面に落としてしまったが、それには構わず琴莉は孝太郎の腕を両手で掴んで必死で首を横に振った。

「行かないで……！　まだ中にいるかもしれないから」

孝太郎は琴莉の怯えた顔を見つめたあと、屈んで琴莉のバッグを拾い、砂埃を払った。

「とりあえず俺の家に入ろう」

　孝太郎に腕を引かれるまま、岩舘家に入る。昔はたまにおやつをもらったりしていたので家に上がるのは初めてではないが、気が動転している今は懐かしむ余裕はない。

「座って」

　孝太郎は琴莉をソファに座らせ、傍らに琴莉のバッグを置いた。それから玄関に行こうとして思い直したように向きを変え、ダイニングテーブルから何かを取ってきて琴莉の手に握らせた。

　それは熱い缶コーヒーだった。

「あったかいうちに飲んでろ」

　琴莉が何かを答える間もなく、孝太郎はリビングを出ていった。続いて玄関ドアの開閉音、そして鍵をかける音。

　今頃になって孝太郎が琴莉を安全な場所に避難させてから状況を確認しに行ったと気づき、琴莉は青ざめて立ち上がった。

　もしまだ犯人が家の中に潜んでいたら？　孝太郎が襲われたら……。

　温かなコーヒーの缶を握りしめ、固唾をのんで待つ。一分一秒がとてつもなく長く感じられて生きた心地がしない。

（いけない、ゴルフクラブ忘れてる……！）

最初の夜に踏み込んできた時、孝太郎はゴルフクラブを持っていた。今はたぶん丸腰だ。

届けに行かなければと玄関まで行き、そこにあったゴルフバッグを抱えたところで孝太郎が戻ってきた。

「……何やってんの」

火事場の馬鹿力なのか、相当な重さのゴルフバッグを抱えていた琴莉は孝太郎の顔を見ると力が抜け、へなへなとその場にへたり込んだ。

「ぶ、武器を忘れてるから届けようと思って」

「アホ。武器がいる状況だったらふたり目の被害者が出るだけだろ」

琴莉が口答えする前に腕を掴んで助け起こされる。口調はきついが、腕を掴む彼の手は意外と優しかった。

「空き巣だな。警察に電話したからすぐ来る。それを言いに来た」

「あ、じゃあ外に出ておかないと……」

非常事態なのだからしっかりしなければと琴莉は自分を奮い立たせて外に出ようとしたが、孝太郎が腕を掴んで引き留めた。

「俺が対応するよ。元々鍵を渡されて頼まれてたし」

「でも……」

「それに、ここにいない設定なんだろ」

琴莉が警察の対応をすれば、ここに帰っていることも両親の知るところになるだろう。となると、必然的に離婚したことも説明する流れになる。孝太郎はそれでもいいのかと尋ねているのだ。

「まだ言いたくないんだろ？　笑って話せるまで」

琴莉は思わず孝太郎の切れ長の目を見上げた。

機械のような完璧人間でぬるい感情には容赦しないと思っていたのに、彼がそこまで琴莉の言葉を正確に理解して尊重してくれていることが驚きだった。

昔は怖くて、今までこんなにまともに彼の目を見たことはなかった。

でも今、間近で見ると綺麗で力強く、なぜか息が苦しくなる。動揺しているせいなのか、わっとみっともなく泣きたい気分になった。こんな時に、こんな相手に、絶対にそんな馬鹿なことはしたくないのに。

するとと琴莉に活を入れるように、遠くにサイレンの音が聞こえてきた。それはどんどん近づいてくる。

「自分の家が荒らされてるのを見るのは怖いだろ。俺が行くから、ここで待ってろ」

「……ありがとう」

琴莉は頷いて孝太郎の視線から目を伏せた。誰にも甘えたくはないが、弱り目に祟り目の今は差し出された手に頼って、これ以上の打撃から自分を守るべきだということを琴莉も理解していた。

「食事は？」

「え？　……まだ」

「テーブルに弁当があるから食べといて」

そこでパトカーが到着したので孝太郎は慌ただしく出ていった。

なすすべなく琴莉が部屋に戻ると、テーブルにはたしかにコンビニ弁当がある。

まだ箸袋も開封していない状態だ。

きっと孝太郎は帰宅したばかりで、今から夕飯というタイミングだったのだろう。

孝太郎の意外な優しさが心に沁みた。

翌日はまるでジェットコースターに乗っているかのように目まぐるしかった。

朝早くから行われた警察による詳しい実況検分の立ち合いに孝太郎はわざわざ仕事

を休んで対応してくれて、それが済んでしまうと玄関ドアの鍵交換まで頼んでくれた。

もちろん琴莉も会社を休んだが、ここにいない設定なので岩舘家で待機するよう孝太郎に言われ、実質的に出る幕はなかった。

警察からの連絡と併せて孝太郎からも琴莉の両親に連絡したところ〝盗まれて困るようなものは何もない〟と、大してショックを受けていなかったという。

「空き巣もがっかりだっただろって言ってたな」

玄関の鍵を壊されたり窓ガラスを割られて侵入されたわけではなく、実は鍵がなくても入れるようにトイレの小窓の鍵をかけていなかったそうで、犯人の侵入経路はそこだった。

勝手に間借りしている琴莉が文句を言えたものではないが、それを知らずにこの一週間暮らしていたと思うとぞっとする。

そういうわけで実質的な被害はほぼなかったため、畑の繁忙期真っただ中の両親は琴莉に電話で今後の警察対応と片付け、孝太郎が立て替えた鍵交換料金の支払いを頼んできた。

空き巣被害もほぼなく、琴莉の事情も知られず、とりあえずは一件落着というわけだ。

「いろいろ本当にありがとう」

夕刻、鍵の業者が交換を終えて帰っていくと、琴莉は孝太郎に深々と頭を下げた。孝太郎には何から何まで世話になってしまった。

昨夜は警察が引き揚げても家に戻れる状況ではなかったので、琴莉は岩舘家で寝かせてもらった。とはいえ恐怖やショックでほとんど眠っていない。

「今から片付けるのか?」

「うん」

交換してもらったばかりの鍵を玄関ドアに差し込み、琴莉は孝太郎を振り返って無理に笑顔を作った。

琴莉が家に入るのは昨夜以来で、またあの光景を見るのかと思うと正直怖い。疲れてもいるし心細かったが、片付けなければ暮らせないのだから。

「片付け手伝うよ」

「いいよ、もう十分お世話になったのに」

「まあ怖いと思うから入るところまで付き合う」

家の中に入る琴莉に孝太郎もついてきてくれる。夕方でもう日が落ちているので家の中は真っ暗だ。それも怖かったし、明かりを点けてまたあの光景を見る瞬間も怖かった。

隣に立つ孝太郎の存在に助けられながら息を止めて電灯のスイッチを入れる。

「…………」

荒らされた室内を再び目の当たりにした琴莉は一瞬で目を閉じてしまった。

想像していた以上に恐怖は大きかった。散乱した物にも床にも、所々に運動靴らしき靴跡の泥がついているのが見えたのだ。

邪悪な人間がこの部屋を歩き回ってあちらこちらに汚れた手で触れたと思うと、気持ち悪くてたまらない。

それでも琴莉は気力を振り絞り、笑顔で孝太郎に向き直った。

「もう大丈夫」

琴莉はそう言ったが、孝太郎を見上げているのは部屋を見ると震えが走ってしまうからでもある。

「ひどく見えるけど、その気になればすぐ――」

そこまで言いかけたところで強風で窓ガラスが揺れ、その音に琴莉はびくっと硬直してしまった。こんな音にも怯えてしまう自分が情けない。

孝太郎は黙ってそんな琴莉を見つめていたが、部屋に足を踏み入れた。そして室内を眺めたあと、まだ戸口で立ちすくんだままの琴莉を振り返って言った。

「しばらくの間、うちに来いよ」

「………」

孝太郎の申し出に琴莉は目を見開いた。

以前なら即答で固辞していただろう。しかし、自分の家が安心できる場でなくなることの恐怖と不安は思いのほか大きかった、

「部屋は余ってるし、自由に使ってもらっていい。まだ犯人が捕まっていない状況で、ひとりは危ないだろ」

琴莉が何かを答える前にまた強風で窓ガラスが低い唸り声をあげた。

「少なくとも、今夜ここに戻るのは無理だ」

昔は怖かった孝太郎の不愛想な口調が、今はとてもありがたくて頼もしかった。

孝太郎は嘘を言わない。本心しか口にしない。だから、甘えていいのだ。

「……うん」

琴莉は素直に頷いていた。

第二章　前途多難な同居スタート

　こうして思わぬ方向に事態は転がり、仲よくもなければ険悪でもない、それ以前にまともに喋ったこともないふたりが同居生活を始めることになった。

「……荷物それだけ？」

　そうと決まれば琴莉の家の片付けは急がなくていいのでとりあえず岩舘家に戻ろうという流れになったが、玄関を出ようとした孝太郎が少し驚いた顔で尋ねた。琴莉の荷物がキャリーバッグひとつとスーパーのビニール袋だけだったからだ。

　ビニール袋には冷蔵庫から引き揚げた食材が入っている。

「うん。ここに帰ってくる時、全部は持ってこなかったから」

「他の荷物は？」

　琴莉の返答に孝太郎が聞き返したが、なぜかすぐに撤回した。

「いや答えなくていい」

　そう言うと孝太郎は琴莉の手からキャリーバッグを取り、さっさと玄関から運び出した。

荷物はトランクルームにあると答えようとしていた琴莉もその台詞をのみ込んだ。暴力夫から身ひとつで逃げてきたとか、そういうややこしい事情に見えるのかもしれないが、返答不要と言われると答えづらい。

琴莉の家の玄関から道路までの外構は段差が多いので荷物を持って通り抜けるのはひと苦労なのに、孝太郎だと軽々だ。

「あの、ありがとう」

タイミングがずれてしまったが、前を行く背中にもじもじと小さく礼を言う。何でも自助自立でやってきた琴莉はか弱いキャラとして扱われたことがないので、こういう時に可愛くお礼を言うことがどうもうまくできない。

「まずは部屋をどこにするかだけど」

「う、うん」

岩舘家のリビングに戻ってくると、琴莉の居場所をどこにするかを話し合うべく向かい合う。しかし、わずか二秒でふたりとも目を逸らしてしまった。

昨夜は空き巣被害という非常事態だったから、この場所で同じように向かい合っていても余計なことを意識する余裕はなかった。

しかし元々親しく話せる間柄ではないこともあるが、今は仮にも大人の男女であるふたりがひとつ屋根の下で暮らすというセンシティブな状況のせいか、ふたりの間にはごまかしようもなくぎこちない空気が漂った。

孝太郎が咳払いしてから沈黙を破る。

「二階にひとつ使ってない部屋があるから、そこにするか？」

「二階？」

「俺の部屋の隣」

岩舘家は前の持ち主が子供ふたりの四人家族のために建てた家だ。一階には広々としたリビングと、それに続く小さな部屋。二階は家族の個室エリアで、両親の部屋と階段ホールを挟んで部屋がふたつ並んでいる。

孝太郎は並んだ部屋のひとつを使っていて、もう片方の部屋はどうかと琴莉に言ってくれているのだ。

しかし、いくら今は孝太郎しかいないといっても両親の居室はそのままにしてあるのだから、二階が岩舘家のプライベートエリアであることに変わりはない。そこに我が物顔で割り込むのは気が引けた。

琴莉がためらう理由はもうひとつある。ハイスペックな孝太郎が自分に興味などあるはずもないので決して孝太郎を警戒して躊躇（ちゅうちょ）しているわけではない。しかし、もし孝太郎に恋人がいるなら、その女性からすればさぞ嫌な状況だろうと思うと、いきなり隣の部屋というのは二の脚を踏んでしまうのだ。

それらを角が立たないように伝えるのが難しい。

「ええと……」

岩舘家の間取りを完璧に覚えているわけではないが、どこかに適当な場所はないか、琴莉は代案を必死に考えた。

「納戸とかあれば、そこでいいのですが」

緊張しすぎたせいで不自然に敬語になってしまった。図々しく長居するつもりではないし、安全に夜露を凌ぐことができれば十分だ。

「床下収納ならある」

しかし孝太郎の返答はこれだった。真顔なので冗談にも聞こえない。

「それならリビングの隅とか廊下とか……やっぱりいいです」

言っている最中から孝太郎の顔に〝否〟の文字が浮き出てきたのを見て、琴莉は尻すぼみにリビング案を引っ込めた。

孝太郎にしてみれば、帰宅後も休日もリビングの隅に居候がいたのでは鬱陶しくてたまらないだろう。

少し考えてから孝太郎がリビングの奥にある一角を指さした。

「じゃあそこの部屋は？　ドアを閉めれば一応は独立した部屋になる」

そこはリビングの続き間で、予備の部屋として使えるようにドアが設けられている。岩舘家はリビングの開放感を優先して常にそのドアを開け放していた。そこを閉めて琴莉の居場所にしてはどうかという提案だ。

「ただ俺もしょっちゅうリビングを使うし、家を出入りするにはリビングを通らないといけないから、ドアを閉めてもあまり落ち着かないと思うけど」

家族の対話を重視する工夫なのか、この家は二階に上がる階段がリビングの奥にあるため、どの部屋からもリビングを通らないと玄関に行けない構造になっている。

「いえ、そんなの全然大丈夫」

二階の家族スペースに割り込む心苦しさに比べたら、落ち着かないことなど問題にならない。琴莉はほっとして孝太郎に深々と頭を下げた。

「しばらくの間だけ、ご迷惑をおかけします」

一時間後、琴莉は急場しのぎの居室のベッドでひと息ついていた。

部屋はごく小さく、孝太郎が二階から使っていないマットレスを運び込むとそれだけでいっぱいになったが、ドアを閉めてしまえば十分に居心地のいい空間になった。

「ああ……疲れた……」

横になるとそれまで自覚していなかった疲れが押し寄せてくる。

昨夜に空き巣被害を目の当たりにしてから丸一日、ほぼ気の休まる時がなかったのだから当然だ。本来なら今頃荒れた家をまだ片付けていたと思うとぞっとする。

疲れもあるし、犯人もこの地域にいるのだろうし、いろいろな意味で岩舘家に避難させてもらって正解だったと、琴莉はしみじみ孝太郎に感謝した。

「意外と優しいのかな……」

そして頼りになる。あの無駄に感情を挟まない判断力と行動力はやはり琴莉が知っていた頃の孝太郎そのものだ。

(いや、だからそれよ)

琴莉は気を引きしめ直した。無駄に感情を挟まない孝太郎だからこそ、ここでじめじめとした勘違いしてはいけない。

彼は琴莉の両親から留守宅を預かる任務を粛々と遂行しただけで、その留守宅にいた予定外の占拠者の身の安全を図ることもその一環なのだ。

当の孝太郎は外出中だ。さきほどの同居にあたっての話し合いが終わると、孝太郎は唐突に『じゃあラーメン食いに行ってくる』と言って出ていった。

『行くか？』

リビングを出ようとした孝太郎は、そこでふと琴莉の存在を思い出したように振り返って声をかけてきたが、琴莉は咄嗟に首を横に振ってしまった。

『ううん、いいよ』

『そうか』

孝太郎はあっさりとした反応で出ていったが、今頃になって琴莉はコミュニケーションを円滑にするためにも誘いに乗るべきだったかもしれないと悔やみ始めた。

しかし〝何か食べに行くか？〟ではなく〝ラーメン〟というピンポイントの誘いは、孝太郎の目的はラーメンであって誰かと行くことではなく、たまたまそこにいた琴莉についでに声をかけた、それだけだ。だから彼に失礼なことをしたわけではない……はずだ。

そう無理やりに結論づけると、琴莉は後悔を切り上げて起き上がった。孝太郎が帰ってくるまでに洗面所を使わせてもらうためだ。

昨夜は家に入れなかったのでスキンケアはおろか着のみ着のままで、顔はクレンジングできず湯ですすいだだけだ。通勤バッグのポーチに入れていたリタッチ用の化粧品しかなく、さすがに肌がごわごわになってきて、早くきちんと洗いたくて仕方がない。

さきほどの話し合いの最後に、孝太郎はこの家での生活について淡々と取り決めた。

『風呂は入りたい時に沸いていなければ自由に沸かして入ってくれたらいい。俺のあとが嫌なら早めに』

『はい。あっ、そんなことは』

『トイレは一階と二階とふたつある。キッチンも自由に使ってくれていい』

〝俺のあとが嫌〟に〝はい〟と答える形になり琴莉は慌てて否定しようとしたが、孝太郎にスルーされてしまった。

「はぁ……」

洗面所でクレンジングしながら会話にもならないやり取りを振り返った琴莉は溜息をついた。昔と変わらず、取り付く島もなくまったく会話が噛み合いそうにない。

その他、食事は個人、外出も帰宅も個人で勝手に。要するに一切干渉し合わない、お互いに関わらないという内容だ。

琴莉もそれはそれでありがたいのだが、はっきり言い渡されると何だか肩身が狭い。

孝太郎も本当は負担に思っているだろうし、できるだけ迷惑をかけないよう接触を避けて過ごさねば。

そこで琴莉はクレンジングを切り上げて急いで顔をすすぎ始めた。孝太郎の外出先がラーメン屋だけならばそんなに時間はかからないだろうし、じきに帰ってくるはずだ。

できればお風呂に入りたいが、さきほどの『俺のあとが嫌なら』もあることだし、直後にお風呂を先に使ったらあの誤解が決定的になりそうだ。

お風呂は孝太郎が終わったあと夜中にこっそり入ることにして、大急ぎで洗顔と歯磨きだけ済ませる。

琴莉がこんなに急いでいるのは孝太郎の生活空間の邪魔をしたくないというだけでなく、素顔を見られたくないからでもある。

孝太郎に限らず友人との旅行ですら琴莉は素顔を見せることをためらってしまう。その原因はいくつかあるが、最初のきっかけとなったのは他でもない孝太郎だった。

昔、岩舘家と藤崎家で温泉に旅行したことがあった。

夕刻にそれぞれ客室付の温泉を楽しんだあと、座敷で夕飯のお膳をいただいたのだが、母は肌の手入れや髪を乾かすのに手間取っていて、少し遅れることを岩舘家に伝えてくれと琴莉に頼んできた。

当時の琴莉は中学一年生で、スキンケアやメイクとは無縁だ。母の頼みに素直に応じ、濡れた髪をきゅっとひとまとめにした姿で座敷に出向いた。

しかし岩舘家の親も同じ状況だったらしく、父親たちもマッサージチェアコーナーに行ってしまっていて、座敷にいたのは孝太郎ひとりだった。途端に気恥ずかしくなって隅の席に座った琴莉を孝太郎がまじまじと眺めた。そして彼はこう言い放ったのだ。

『マロだな』

〝マロ〟──琴莉にとっては衝撃だった。

普段は前髪で隠れているが、この時は温泉のあとで額は全開だった。眉の薄いつるんとした卵型の顔は、たしかに平安顔かもしれない。しかし今は現代だ。言われた側にとっては決して褒め言葉には聞こえない。

当時の琴莉に反撃能力はなく、ひくっと固まったタイミングで親たちがどやどやと入ってきたのでその場は紛れたが、それは琴莉が初めて自分の顔の欠点を自覚するきっかけとなった出来事だった。

「ふう……セーフ」

藤崎家から引き揚げた食材を冷蔵庫に入れたりなどの雑用を済ませてしまうと、琴莉は大急ぎで部屋に逃げ帰った。

　これで今夜は孝太郎をこれ以上煩わせることなく部屋に引きこもっていられる。孝太郎も昨日からずっと琴莉と関わっていたのでひとりの時間が欲しいだろう。

　そこで琴莉はドアの前に置いていたキャリーバッグを寝床の脇まで持ってきてスキンケア用品を取り出した。

　ドアの前のキャリーバッグはバリケードとして置いたものだが、別に孝太郎を警戒しているとか、そんな起きもしない事態を自意識過剰に想定しているわけではない。このバリケードは孝太郎からそうしろと言われたから置いたものだ。

『実はそのドアには少々問題がある』

　この部屋のドアはリビングの他のドアが開く度に空気の圧で勝手に開いてしまうのだそうだ。金具を交換しても変わらなかったため、どうせ開け放しているのだからとこれまで岩舘家では特に不便と感じず放置していたらしい。

『だからその部屋にいる時はドアの前に何か置いた方がいい。でないと俺が玄関からリビングに入る度にドアが勝手に開くぞ』

　おしゃれでモダンな家にも欠陥というものはあるものだなと考えながら、そんな家にはおよそそぐわない古びたジャージを引っ張り出して穿く。みっともないが、寝間着にできるものは今これしかないので仕方がない。

それから琴莉はふと思い出してシートパックのパウチを取り出した。

元々琴莉は肌の手入れを怠らないようにしていた。そのせいか肌だけは褒められることが多い。

きっかけは手のモデルのインタビュー記事で〝手の形が綺麗な方ではないから、せめて手の肌を綺麗に保つよう心がけている〟というものだった。

孝太郎の〝マロ〟に始まり中高時代に性格の悪い友人たちのマウントによって容姿にあまり自信を持てなかった琴莉だが、この記事を見てからは自分もそんな心がけでありたいと思えるようになった。

もちろんエステや高級化粧品には手が出ないし、美容部員に気後れするのでデパートのコスメカウンターには行けない。身の丈に合ったドラッグストアのものばかりだが、安価な良品を探したりお手入れする時間は琴莉のささやかな楽しみだった。

「ふう……」

ひんやりとしたシートを顔に広げると、琴莉は思わず吐息を漏らした。

結婚している時は隼人の目があるのでこういうパックはなかなかできなかったし、離婚協議中は心の余裕がなかった。

最近になってやっと、このままへこたれていては駄目だと立ち上がる気分になりこれを買ったものの、ここ一週間ほどは仕事が忙しかったのでパックするのはしばらくぶりだ。

「生き返る……」

騒動のしわ寄せで乾燥していた肌がごくごくと水を飲むように呼吸を始める。

しかし、しばらく至福のうるおいに浸っていた琴莉のお腹がぐうと鳴った。考えてみれば夕食を食べ損ねている。

冷蔵庫に入れさせてもらった食材で何か作ろうかと考えたが、キャベツとヨーグルト程度では買い足さなければ何も作れない。それに、もうそろそろ孝太郎が帰ってくるだろうし〝マロ〟顔で家の中をうろうろするのは危険だ。

(ラーメン行けばよかったなぁ……)

食事も外出も個人でと言った孝太郎がせっかく声をかけてくれたのに。

しかし、いくらラーメンという色気のない目的であっても、孝太郎の車に乗せてもらってふたりで出かけるのは琴莉にとって非常に心苦しいことだった。

(だって付き合ってる人、きっといるよね)

そもそも孝太郎がまだ結婚していないことも驚きだった。

孝太郎が高校生の時によく一緒にいた二谷美佐子とは同じ大学で、さらにふたりとも大学院に進んだと母から聞いていたから、続報は尋ねていないがそのまま結婚したのかなと思っていた。

まだ交際しているのかもしれないし、もしそうでなくてもあれだけルックスがよくてしかもエリートならいくらでも女性が寄ってくるはずだ。

不愛想なのは玉に瑕だが、それは琴莉に対してだけで、恋愛対象の女性にはそうでもないのかもしれない。いずれにしてもハイスペックな孝太郎がフリーでいるとは到底思えなかった。

それなのにアクシデントのせいとはいえ、こうして図々しく同居させてもらうことを決めてしまった。ジェットコースターに乗ったような二十四時間が一段落して冷静になってくると、琴莉はとても申し訳ない気分になった。

できるだけ孝太郎のプライバシーを侵害しないよう存在を消して、早く自分の家に帰らなければ。

改めて自分を戒めたところで孝太郎の車のエンジン音が聞こえてきた。

実家に帰ってきてからのこの一週間、琴莉はこの音を聞く度に孝太郎の車庫入れのうまさに感心していた。大抵の家の音を聞いていると何度も入れ直しているのに、孝太郎はほぼ一回で入れてしまうのだ。そういえば昔の家族レジャーでも孝太郎は運動神経抜群だった。

頭脳、顔、運動神経、ついでに背丈。天は二物を与えずとかいうけれど嘘だなと琴莉が考えているうちに玄関ドアが開く音がした。もうじき孝太郎がリビングに入ってくるはずだが、琴莉はドアのこちら側の新たな居室にいるのだから、挨拶する必要はない。……のだろうか？

隔てているのは遮音性のないドア一枚きりで声をかければ十分に聞こえるし、ここにいることは明らかなのに無視するのは水臭いのではないだろうか。

（いや、でもこの顔では）

せめてドア越しにひと声かけるかを悩んだが〝おかえりなさい〟も居候のくせに図々しい気がするし、そうでなくても新妻気取りみたいだ。結局、琴莉は沈黙を守ると決めて息をひそめた。

（そう、迷惑にならないよう気配を消して——）

しかし、ここで琴莉は重要なこと——孝太郎がわざわざ警告してくれていたドアの前のバリケードを再び築くことを失念していた。さきほどジャージとシートパックを取り出すためにキャリーバッグを動かしてしまったのに。

リビングのドアが開く音と孝太郎の足音が聞こえ、ベッドの上に座る琴莉の緊張がいよいよ高まった次の瞬間、あろうことか居室のドアが勝手にふわーんと開いた。

「………」

止められないスローモーションのような動きで視界がひらけた真正面には、こちらに進もうとしていた孝太郎。まともに目が合い、ふたりとも固まった。洗面所や階段ホールに繋がるドアは琴莉の居室の横にあるので、孝太郎がそういう動線になるのは致し方ない。だから物を置けと警告してくれていたのに。

「あ……あの」

衝撃のあまり、琴莉は口を開いたせいで剥がれかけたシートパックの端を意味なく押さえた。孝太郎にはデスマスクのような姿に見えるだろうし、剥がす方が正解だったかもしれないが、どちらにしても今さらだ。

さすがの孝太郎も琴莉のパック顔にぎょっとしたのか一瞬立ち止まったが、またこちらに向かって歩を進めた。そのまままっすぐ琴莉の居室に向かってくる彼に、琴莉の目が恐怖で見開かれる。

「餃子」

ところが孝太郎は手にしていた白いビニール袋を部屋の敷居のこちら側に置いてそ

う言うと、顔の筋ひとつ動かさずに向きを変えた。そして何事もなかったかのようにすたすたとリビングを出ていった。

階段を上がっていく規則正しい足音を聞きながら、琴莉はようやく止まっていた息を吹き返した。〝ありがとう〟も言えないままだ。

「ああ……」

呻き声しか出てこない。

這うようにしてドアを閉め、その場に座り込む。ビニール包みを持ち上げると、餃子が一人前。まだ温かな餃子の袋に顔を埋めてひたすら自分を責める。

デスマスクにジャージ、最悪だ。他人の家で寛ぐにもほどがある。

しかし散々自分を責めたあとは、恥ずかしさのあまり心の中で孝太郎に八つ当たりした。

「少しぐらい突っ込んでよ……」

それならまだ笑えたのに、あんな真顔なのだから。

同居初日の夜。溜息と呻き声を漏らしながら食べた餃子は、なんだかんだで空腹に沁みてとても美味しかった。

午前五時過ぎ。寝床の中でスヌーズに変わりしつこく鳴り続けるアラームをようやく止めた琴莉は、まだ眠い目をこすり渋々起き上がった。まず目指すのは洗面所だ。早起きするのは都内住みから郊外に移ったことで通勤時間が長くなったせいだが、岩舘家に来て起床時間がさらに三十分繰り上がっている。

同居生活開始から一週間が過ぎた。琴莉はできるだけ自室に籠るか外出するかで孝太郎の目に触れないよう心がけているので、さほど彼の生活を侵害せずに過ごせているはずだ。

ただ、孝太郎の起床と出勤の時刻がまだよくわからず、朝晩にうっかり遭遇してしまうことがある。

早起きして洗面所の用事を済ませようと努めているが、なぜか孝太郎の起床時間も徐々に早くなっている気がするので油断は禁物だ。間違っても初日のデスマスクのような醜態はもう晒したくない。

洗顔と歯磨きを済ませるとメイクに取りかかる。素顔に自信のない琴莉だが、さほどメイクに時間はかからない。

凝ったことをするわけではなく、薄い眉にアイブロウパウダーを重ねるのがメインの作業だからだ。くっきりとした美しい眉になりたいなどと高望みはせず、ごくうっすらとパウダーを重ねて眉尻をペンで整えるだけ。でも琴莉にとってはこれでようやく人並みになれたようで安心する。

冒険して失敗したくないので、眉以外もナチュラルだ。それでも琴莉は自分の顔がメイク前とメイク後ではかなり違うと思っていた。どの美容雑誌でも眉は顔の印象を左右すると説いているからだ。

化粧品をポーチに仕舞っている時、琴莉はふとオープン棚の片側に物が寄せられていることに気づいた。たしか最初はこうではなく、いろいろな物が無造作に置かれていた気がする。

元々琴莉も自分の物を置かせてもらうつもりはなく居室に都度持ち帰っていたので、これまで棚にあまり注意を払っていなかった。

（これは置いていいということなのかな……）

図々しく振る舞うことは避けたいが、濡れたものだけはと、孝太郎とは反対側の隅に歯ブラシとコップを置かせてもらった。棚の両端とはいえ、歯ブラシが二本並ぶ様は少し気恥ずかしく、やっぱりやめておこうかとまた迷う。

その眺めに琴莉は隼人との生活を思い出してしまった。

隼人はおしゃれに余念がなく、洗面所には彼専用のドライヤーや整髪料、スキンケア用品などが所狭しと並んでいた。結婚当初、男性でもこんなにいろいろな道具がいるのかと琴莉は驚いたものだった。

しかし孝太郎の物はごく少ない。棚の隅に雑に寄せられている大半は両親が置いていったらしい未使用の古い洗濯用粉石けんや景品の入浴剤などで、孝太郎のとおぼしき物は洗顔料とシェーバーだけだ。

（これだけであんなに格好よくなるのか……）

妙なところに感心していると、階段を下りてくる足音が聞こえた。やはり孝太郎の起床は昨日よりも少し早い。

「お……おはよう」

「おはよう」

琴莉のぎこちない挨拶に孝太郎も挨拶を返してきたが、まだかなり眠そうだ。

彼はスウェット姿で多少髪が跳ねているものの、それはそれでドラマの寝起きシーンの俳優のように見栄えする。

そんなふうに素のままを他人に見せられる人種が琴莉には羨ましいが、今日も無事に孝太郎の起床前にメイクしてマロ顔を見られずに済んだので、琴莉はほっとしてリビングに退散した。

出勤まであと四十分。今日の朝食は冷凍しておいたご飯で握ったおにぎり、即席の味噌汁と作り置きの小松菜の胡麻和えにした。

琴莉はこまめに料理するのが好きだった。でも結婚していた頃、隼人は琴莉の素朴なお惣菜よりホテルのようなおしゃれな朝食を好んでいて、席に着くタイミングですべてが出来立てであることを望んだ。

今はそんな責務から解放され、琴莉は気ままに地味な料理を楽しんでいる。

琴莉がテーブルについて黙々と食べていると、孝太郎も歯磨きを終えてやってきた。手には冷蔵庫から出してきたゼリードリンクを持っている。

〝食事は各自〟というルールではあるが絶対に顔を合わさないと決めたわけではないので、こうして自然に食事の時間が重なることはある。でもまだ数回なので、琴莉は緊張から逃れようと急いで朝食を詰め込み始めた。

しかし、自分の咀嚼音ばかり響いているのが恥ずかしくなってくる。味噌汁を啜った琴莉はその音に身を縮めた。

斜め向かいに座る孝太郎にははっきり聞こえているはずだが、彼は眠そうに目を閉じてゼリードリンクを飲んでいる。

「あの……おにぎり、いらない？」

琴莉はラップで包んだおにぎりをおずおずと差し出した。時間が押していることもあるが、孝太郎の朝食がゼリードリンクだけというのが気になったのもある。

しかし、尋ねてしまってから後悔した。こういうお節介が嫌だから〝食事は各自〟と彼は言ったはずなのに。

「いらなかったらいいよ。ただちょっと時間がなくて食べきれないから聞いてみただけで。ごめん」

焦って撤回しようとした琴莉に、孝太郎が事もなげに答えた。

「駅まで車で送る。なら数分浮くだろ」

「えっ……」

琴莉の台詞の中の〝時間がない〟を拾って言ってくれたのだろう。思いがけない申し出に琴莉は面食らった。

送ってもらえるならものすごくありがたい。しかし琴莉が遠慮することを見越しての言葉だったら……？

「あの……でも、食べない？　ご飯が多かったみたいでふたつ作っちゃって」

口が勝手にこんなことを喋り始め、琴莉は自分を殴りつけたくなった。孝太郎の申し出にはっきり答えていないばかりか、しつこくおにぎりを勧めてしまっている。孝太郎も隼人のようにおにぎりなんて食べたくないのかもしれないのに。

ところが孝太郎の反応は意外なものだった。

「何味？」

「こ、昆布」

「ならもらう」

テーブルの上に差し出した琴莉の手から孝太郎がひょいとおにぎりを取った。無事に空になった手のひらを空気がくすぐり、琴莉はその手をそっと引っ込めた。

「いただきます」

昔の孝太郎がどうだったかは覚えていないが、きちんと手を合わせてから食べ始める姿は意外だった。

「……うま。まだあったかい」

おにぎりを喜ぶ孝太郎という珍しい姿に注意を奪われていることに気づき、琴莉も慌てて食べ始める。リップサービスかもと考えたが、孝太郎に限ってそれはないと打ち消した。

「何味だったら駄目だったの？」

「梅」

即答した孝太郎に琴莉はつい笑ってしまった。もっとも、孝太郎はいつだって不愛想に即答するのだが。

「梅、美味しいのに」

合同家族レジャーでの食事時、孝太郎は必ず酢の物や梅干を残して母親から小言を食らっていた。すっぱいものが苦手なのは変わっていないらしい。

おにぎりを食べ終えると、孝太郎は「ごちそうさま」と手を合わせて立ち上がった。琴莉も食べ終えていたので食器を下げて片付ける。

「何分の電車？」

これでささやかな接触は終わったと思っていたら、孝太郎が琴莉に声をかけてきた。やはり送るつもりでいるらしい。

「七時三分の電車。無理なら十二分の」

第一希望の電車は微妙な時間になっていたが、次の電車なら徒歩でも十分間に合う。ただ、琴莉は一時間以上乗らなければならないので、空いている早い時間の電車を好んで利用している。

「じゃあもう出ないとな」

孝太郎がそう言いながら棚の上に置いてあった車のキーを取った。しかし孝太郎はまだスウェット姿で髪も起きたままの状態だ。

いくら駅が近いといってもそれなりに時間をロスしてしまうし、琴莉を送るためだけに車を出してくれるのなら申し訳ない。

「こ、孝太郎は何時に出るの？　支度があるだろうし、私は歩いていけるよ」

同居してから名前を呼ぶ状況は初めてで、昔はこう呼んでいたはずだが緊張して口がもつれてしまった。

ハードルの高い初回をクリアしたのでよしとしようと、自分を慰める。

「俺はだいたい九時」

孝太郎の返答を聞いた琴莉は少し驚いた。だったらもっと寝坊できるのに。

しかも土日を除いたこの一週間、だんだんと彼の起床時間が早くなっている気がする。早朝から琴莉が一階でごそごそしているせいで孝太郎の睡眠を妨げているのだろうか。できるだけ物音を立てないように琴莉も気をつけているのだが。もしかするとアラームを止めるのが遅かったとか……。

あれこれ邪推していると、孝太郎が玄関に向かいながら振り返って不愛想に言った。

「いつも俺が起きる前に洗面を済ませてるだろ」

「俺、ほとんど支度とかないから洗面所使わないし、もっとゆっくり寝れば？」

「は、はい」

「す、すみません！　ちゃんとメイクしておかないとと思って……」

〝早起きされると落ち着かない〟など苦情が来ると予想して琴莉は身構えたが、歯に衣着せぬ孝太郎の舌鋒が向けられたのはそこではなかった。琴莉の顔をしげしげと眺めた孝太郎が真顔で言った。

「化粧してもたいして変わってない」

つまり無駄な努力だと言っているらしい。

「エンジンかけとくぞ」

憤慨のあまり絶句したままの琴莉を残し、孝太郎はさっさと背中を向けて玄関を出ていった。

昔と変わらずデリカシーの欠片（かけら）もなく人の地雷をあっさりと踏んでいった孝太郎に怒りが収まらない琴莉だったが、そのあと第一希望の電車に間に合っただけでなく、ホームで先頭に並ぶことができた。おかげで運よく座れた時は、心の中で渋々孝太郎に感謝したのだった。

出勤前に孝太郎との緊張感ある時間を過ごした琴莉だが、会社に着けばそれとはまったく別次元の緊張とストレスが待ち受けている。

それは離婚した元夫とその浮気相手と同じ職場にいなければならないという状況のせいだ。

もちろん仕事は大好きだ。琴莉が勤務する事務用品メーカーはオフィス向けから一般市場向け、学校向けなど様々な文具を扱っている。

学校オリジナル文具なども担うことで経営を維持する小さな企業ではあるが、琴莉はとても誇りに思っていた。

出荷前の段ボール箱にぴかぴかの製品が整然と収められている様は美しく、それを見る度に心が躍る。いろいろな学校名が入ったボールペンやファイルを見れば、どこかの誰かがこれを相方にして一生懸命に勉強に励むのだと、熱い気持ちになる。

企画や広報のような花形部門に行きたいなどと大それたことは望まず、ただ文房具に関わっていられるだけで琴莉は十分に楽しかった。

ところが、会社での居心地は半年前に一変してしまった。隼人と留美の浮気現場を目の当たりにしたあの日からだ。

職場の仲間たちは裏で修羅場になっていることは知らないので、あの直後も琴莉は何食わぬ顔でふたりと接しなければならなかった。しかし隼人との離婚が決まると、理由はともかく離婚したことは同僚たちの知るところとなる。

隼人と留美のせめてもの良識を信じたかったが、そのうち離婚に留美が絡んでいることだけでなく、当事者しか知らないはずの事柄までも囁かれるようになった。

「ごめんなさい。なんか噂になっちゃってるみたいで」

お昼の休憩時、噂を流した張本人であろう留美が悪びれもせず琴莉に話しかけてきた。

留美は琴莉の二年後輩で、顔の造作から身体つきから湿りけのある色気を放っている妖艶美女だ。人懐こいので職場の仲間からは可愛がられているが、文房具に興味はないようで仕事は手抜きが多い。

グラビアにも出られそうなこんな美女がなぜしがない文具メーカーで好きでもない仕事をしているのか、単純に不思議ではある。

「でも私、彼を奪うつもりはなかったんです。結婚願望ないので」

「もうその話やめてくれる？　終わったことだから留美ちゃんの自由だし」

この状況にうんざりしている琴莉は普段よりきつい口調で返した。しかし留美はどこ吹く風といった調子だ。

「だって結婚したからって家事育児全部押しつけられて仕事もしなくちゃなんて、ふざけんなって思いません？　男ってそういう自己中な生き物でしょ」

だからといって他人の家庭を壊して自由恋愛を楽しめばいいということにはならない。琴莉に向かって気軽な世間話のようにこんな話をする神経に呆れるが、頷ける部分もあるのが複雑だ。

留美は男を落とすプロセスを楽しむタイプで、以前に何度か不倫したことがあると得意げに語っているのを聞いたことがある。隼人もその餌食になったわけだが、留美に言った通り、もう琴莉は関わりたくなかった。

とはいえ、小さな会社ゆえ私事の波紋は大きいが、それはそれとして仕事は円滑に回さなければならない。こんなことに負けるものかという意地もあるが、琴莉の仕事への愛着と責任感は留美への不快感を超えていた。

しかし、厄介なのは留美ひとりではない。留美から逃れてパントリーに湯呑を洗いに行った琴莉はそこでよりにもよって隼人と出くわしてしまった。というより隼人が狙ったようにパントリーに入ってきたのだ。

結婚した時の異動でふたりの所属が離れたとはいえ、小さなオフィスなので同じ部屋に席があることに変わりはない。離婚した今、琴莉はできる限りふたりきりになる状況を避けているのに、隼人が隙を見ては琴莉に絡もうとするのだ。

　シンクで洗い物をする琴莉の背後から隼人が話しかけてくる。

「琴莉のそういう姿、懐かしいな」

「………」

「そう突っ張るなよ。ひとりでこれからどうするんだ？　バツイチでさ」

　バツイチの琴莉を引き受ける男などいないとでも言いたげに隼人が言葉を連ねてくる。琴莉はもう結婚も恋愛もこりごりだが、それを隼人に告げる必要もない。

　洗い物を終えた琴莉は隼人に構わず、布巾で黙々と湯呑を拭き始めた。

「俺は心配して言ってるんだ」

　たまりかねた琴莉は隼人に何か言い返そうとして顔を上げた。

　甘めの顔立ちの隼人は少しやんちゃに見える笑顔に愛嬌があり、取引先の評判もよく営業マンとして優秀だった。

　持って生まれたものだけでなく、人知れず努力していることも琴莉は一緒に過ごす時間の中で知っていたし、結婚生活で別の顔を見せられても、彼の努力を敬う気持ちを琴莉は持ち続けていた。

　しかし、手ひどく裏切られた今はまるでオセロを返すようにすべてが反転して見えた。

額に落ちる前髪もテーブルに寄りかかり脚を組むポーズも何もかも、あざとさばかりが目についてしまう。琴莉はそんな自分にも辟易していた。

「俺はもう一度考えてもいいと思ってる」

隼人は思わせぶりに間合いを取ってから、ここぞという時の表情で言った。

「戻ってこいよ。本当は後悔してるんろ？」

怒りのあまり何か言ってやろうと琴莉は息を吸い込んだが、いい言葉が思いつかず不発に終わった。隼人は琴莉が揺れていると思ったのか、優しい表情を作って宥めるように言った。

「意地を張るなよ」

離婚に向けた話し合いでも、隼人から〝たった一度の浮気で騒ぎすぎ〟だと言われたことがあった。

一度きりではないことは留美が証言しているし、琴莉が耳にした会話もそれを裏付けているのに居直りも甚だしいが、つまり琴莉がそれだけ舐められているということだ。

「仕事以外で話しかけないでください」

それだけ言うと、琴莉はパントリーをあとにした。隼人も人目につく騒ぎを起こしてこれ以上社内で評判を落としたくはないようで、追いかけてきたりはしない。

その日は仕事がさほど忙しくなかったので、琴莉は早めに退社した。隼人と留美との会話で苛々してしまったのもある。


「もう、うんざり！」

駅からの帰り道、琴莉は誰もいない路地で夜空に向かってぼやいた。あのふたりに面と向かって怒鳴り散らすことができたらどんなにかすっきりするだろう。

しかし、琴莉の勢いはそこまでだった。

元々他人と競ったり喧嘩をすることが苦手な琴莉は、こうして腹を立てるだけで疲れてしまう。昼間に隼人と留美に放った言葉ですらきつかったかもしれないと悔やんでいるのだから、そんな自分も情けない。

岩舘家まで帰ってくると、すでに明かりが点いていてガレージに車もある。孝太郎も今日は帰宅が早かったらしい。

こういう時、これまでなら孝太郎と顔を合わせることに緊張して気が重くなっていたが、今日は会社で隼人たちに苛々させられたせいか、孝太郎の存在にほっとしている自分がいる。不愛想だが、少なくとも孝太郎には嘘も計算もない。

「ただいま……帰りました」

リビングのドアを開けた琴莉はソファに寝転んでいる孝太郎に気づき、無人の部屋に発する緩い挨拶に慌てて言葉を付け足した。

結果としてかなり堅苦しくなってしまったが、居候という微妙な立場は難しい。薄目を開けた孝太郎の背後で琴莉の部屋のドアがまたふわーんと開いたが、この現象にはもう慣れた。

「おかえり」

孝太郎もどことなくぎこちない挨拶を返し、イヤホンを外してむっくりと起き上がった。

「あっ、そのまま寝てて。すぐ部屋に行くから」

もしかすると自分が早起きしたせいで孝太郎を寝不足にしてしまったのではと焦り、琴莉は慌てて言った。

「いや。そろそろ風呂を洗おうと思ってたところ」

普段、琴莉があとに入浴した時は最後に掃除して出るが、昨夜は孝太郎があとだったため掃除できていないらしい。

「私が洗うよ。今朝のお礼」

「何のお礼？」

「駅まで送ってくれたから」

「ああ、そんなことか」

幸太郎はイヤホンをポイとソファに投げて立ち上がった。とにかく愛想がないが、これにも最近慣れてきた。

「今日は菌を植えただけだったから疲れてないし」

そして理系でバイオ研究者の孝太郎の口からはたまに琴莉には理解できない言葉が出てくる。

（キンオウエタ……？）

意味以前にどこで文節が切れるのかすらわからないが、わざわざ尋ねて混ぜ返すのも面倒でやめておいた。孝太郎は製薬会社の研究所に勤務しているので薬品名か何かだろうと雑にまとめ、さっさとお風呂を洗いに行ってしまった孝太郎を急いで追いかけた。

バスルームでは孝太郎がすでに腕まくりをしてスポンジを手にしている。

「ほんと、私が洗うから寝てて」

そう言いながら先手必勝とばかりに琴莉は洗剤のスプレーボトルを取ろうとしたが、同時に孝太郎も手を伸ばしたため、一瞬遅かった琴莉が孝太郎の手を握る形になってしまった。

「ごっ、ごめんなさい」

「ごめん」

手を離した琴莉は咄嗟に孝太郎を見上げて謝ったが、狭い空間なので身体が触れそうな至近距離で見つめ合うことになり、慌てて顔を伏せた。

「俺が洗うから休んでろよ。着替えとかあるだろ」

「うん……ありがとう」

孝太郎にぶっきらぼうに言われ、手を握ってしまった決まりの悪さから琴莉もそれ以上言い張れずにすごすごと引き下がった。

バスルームを出たところでふと手を眺める。

孝太郎の手をこれまで意識したことなどなかったが、彼の手と重なった自分の手が小さく非力に思えて驚いてしまった。孝太郎の手は大きくてしっかりとした骨格があり、彼が男性であることをはっきりと感じさせた。

（当たり前だよね）

孝太郎の性別を今知ったわけでもないのになぜ動揺しているのか不可解で、琴莉はそそくさと思考を打ち切った。結婚して離婚までしたアラサーが、何を今さら男性の手に動揺しているのか。

孝太郎もかなり驚いた目をしていたから、琴莉に手を握られて迷惑だったに違いない。

（わざとではないんです……）

気配を消して暮らすはずが、手を握ってどうする。

面と向かっては言えない懺悔を心の中で呟きつつ、今朝タイマーをセットしておいた洗濯機から洗濯物を取り出して腕いっぱいに抱え、リビングに戻った。

「ああ……ふかふか」

岩舘家にあるのは洗濯から乾燥までボタンひとつでやってくれるドラム式洗濯機だ。

琴莉は洗濯の度、ふっくらと乾いた衣類を抱きしめてささやかな幸せに浸る。

結婚した時は着道楽の隼人が〝家事の手抜き〟〝服が傷む〟と言ってドラム式洗濯機を許してくれず、琴莉は毎朝出勤前に洗濯物を干していた。離婚した今は隼人が自分で干さなければならない状況だろうから、それを思うと少しだけすっきりする。

孝太郎との同居では洗濯も各自で、月水金は琴莉、火木土は孝太郎と曜日ごとに取り決めているが、タオルなどは琴莉が自主的に家中から回収して洗っていた。孝太郎の邪魔にならない形でできることをささやかに返している。

自分の衣類はあとで畳むことにして自室に運んで着替えると、琴莉はタオルの山を抱えてリビングのソファに座った。

今の琴莉は初日のジャージではなく、トランクルームから取り出してきたおしゃれなルームウェアを着ている。ジャージにデスマスクという醜態を初日に晒してしまったものの、あまり寛いだ姿では孝太郎も不快だろうと思うからだった。

琴莉がそんなふうに気を遣ってしまうのは、隼人の心ない態度のせいでもあった。

結婚して間もない夜、隼人がなかなか帰ってこないので琴莉は先に入浴を済ませて彼の帰りを待っていた。

夜中になってタクシーで帰宅した隼人は、玄関で出迎えた素顔に寝間着姿の琴莉を眺め、呆れたような笑いを浮かべて言った。

『いつも綺麗にしていてほしいんだけどな』

通販で買った廉価品ではあるがそれなりに可愛らしい部屋着のつもりだったのに、ブランド好きな隼人には野暮ったく映ったのだろう。素顔も含めて呆れられてしまったショックは大きかった。

その時に〝恥ずかしくないルームウェア〟を友人に聞いて買ったのがこれで、ふわふわもこもこした素材に淡い色合いの大きなストライプ柄がトレードマークの人気ブランドだ。

決していい思い出はないが、これなら孝太郎の前で着ても失礼にならないだろう。

琴莉がソファでバスタオルの山を抱きしめてドラム式洗濯機の幸せを味わっていると、掃除を終えた孝太郎がリビングに戻ってきた。慌ててタオルを畳み始める。

「もうじき沸くけど先に入るか？」

「ううん、あとでいいよ」

今夜もやはり始まった。同居開始以降、毎晩のようにふたりの間ではどちらが先にお風呂に入るかで微妙な攻防が繰り広げられている。

男性と比べると長風呂になってしまうから待たせるのが申し訳ないというのと、先に入るとノーブラで出るわけにいかないということなど、女子にはいろいろ事情がある。もちろん今朝〝たいして変わってない〟と言われはしたが、素顔を見せたくないという問題もある。

あらゆる面でお風呂はあとがいいのだが、姉妹がいない孝太郎はそのあたりが鈍いのか、それを伝えるのが難しい。まさか〝お風呂のあとにブラをつけたくないから〟

とあけすけに言い放つわけにもいかない。

「たまには先に入ればいいのに。朝早いんだし」

孝太郎もあとがいいのか、なかなかしつこい。しかし琴莉が居候になる前の孝太郎は常に〝先〟だったのだから、彼に不便をかけているわけではないはずだ。

「はい、バスタオル」

孝太郎には申し訳ないが、どうしても譲りたくない琴莉は畳み終えていたバスタオルを彼に押しつけた。弁の立たない居候だからといって琴莉も負けてはいない。

渋々といった様子でタオルを受け取った孝太郎はソファに屈んでイヤホンを拾ったが、すぐに立ち去る様子でもない。

ここは粘りどころだと琴莉は気づかないふりで残り少ないタオルをやけに丁寧に畳んだ。

しかし孝太郎がそこにとどまっていたのはお風呂の順番問題ではなく別の理由だったらしい。

「シマシマ、どいて」

〝シマシマ〟が自分のことだと理解するのに数秒かかった。これなら人に見せても恥ずかしくないし誰が見てもおしゃれだと、わざわざトランクルームに取りに行ったこのルームウェアの縞模様のことだとは。

いや、そんなことでたじろぐものか。とにかくお風呂の後攻は譲りたくない。

「どかない」

すると呆れたような表情を浮かべた孝太郎から冷ややかな言葉が降ってきた。

「イヤホン、尻の下」

「えっ？　あ、ごめん！」

琴莉が慌てて立ち上がると、たしかにそこに孝太郎の黒いイヤホンの片方が転がっていた。

「じゃシマシマ、先に入るぞ」

さっさとイヤホンを取ってリビングを出ていく孝太郎を唖然と見送る。

「シマシマ……」

ふわふわもこもこのルームウェアの裾をつまんで眺める。これさえ着ていれば女子力が上がると友人は太鼓判を押していたが、孝太郎にはただの〝シマシマ〟らしい。わが道を行く彼には世間の価値観は通用しないのだ。

「気に入ってるのに……」

というか、よくよく考えてみれば昔も今も孝太郎が琴莉を名前で呼んだことがないのはいったいどういうことなのか。

興味がないことには付き合わない彼だから、もしかすると琴莉の名前も記憶する価値がないカテゴリに処理されているのかもしれない。

そのあとキッチンで料理する琴莉に、お風呂から上がった孝太郎がかけた言葉もやはり「シマシマお先」だった。


同居開始時から〝お風呂が先かあとか問題〟はふたりの間で本音を言えないままもじもじとした攻防が繰り広げられていたが、ついに大惨事が起きたのは〝シマシマ〟から数日が過ぎた夜だった。

その日は文房具の展示会があり、撤収などで残業しなければならなかった琴莉の帰宅は深夜だった。

食事は同僚たちと済ませてきたので、あとはメイクを落としてお風呂に入って寝るだけだ。

一日中立ち仕事で脚はむくんでいたし、きちんとしたスーツにヒールだったので身体はがちがちに強張っている。帰宅すると琴莉は着替えを持ってよろよろとバスルームに向かった。

家の中は静まり返っていて、二階の孝太郎の部屋の明かりも消えている。孝太郎は夜中の方が集中できるといって深夜に研究論文を執筆していることが多いが、さすがに疲れて早く寝る日もあるのだろう。

てっきり彼はもう寝たのだと考え、琴莉はできるだけ音を立てないようにそろそろと脱衣所のドアを閉めた。バスルームの明かりがついていたので、一応は小さく声をかける。

「孝太郎、いる？」

返事はないし、水音も聞こえない。

これはしょっちゅうあることで、孝太郎には明かりを消し忘れる悪癖があり、琴莉が消して歩くことが多い。バスルームは特にそれが頻発していたので、琴莉はこの時もそうだと思い込んでしまった。

あとから振り返ればそれが間違いだったのだが、家中を探して孝太郎の居場所を確認してからお風呂に入るのも、寝ているであろう彼を夜中に大声で呼ぶのも現実的ではない。だから避けようがなかったと思いたい。

あまり詳細を思い出したくはないが、孝太郎がそこにいるなどとは疑いもしていなかった琴莉は当然ながらすっかり服を脱いでしまっていた。

公共浴場ならタオルでおしとやかに身体を隠すが、この時は居候とはいえ自宅なので当然何も隠さず、堂々と一糸まとわぬ姿だ。

たしかにドア越しに見える浴室に湯気がやけに立っているなとは思ったが、浴槽の蓋を閉め忘れるのも孝太郎は常習犯なので、そこも不思議に思わなかった。

ところが琴莉がバスルームのドアを開けて中に足を踏み入れた次の瞬間、浴槽で派手な水音が響いた。

疲れきっていた琴莉の理解は一瞬遅れたが、浴槽を見た琴莉はあまりの事態に全身が凍りついた。ある意味、空き巣被害を目の当たりにした時よりも衝撃的だった。

そこには孝太郎が——当然ながら彼も裸で、イヤホンをつけて浴槽に浸かっていたのだ。

濡れた髪から水を滴らせた姿で驚愕の表情を浮かべ、琴莉を止めようとしたのか、彼の腕は中途半端な位置に上がったまま止まっている。

これほど狼狽した表情の孝太郎を琴莉は見たことがなかったが、今はそれを珍しがっている場合ではない。琴莉は彼に一糸まとわぬ全身を晒していて、孝太郎はそれをまともに見たからここまで狼狽しているのだ。

「き……キャーッ！」

あとにも先にも、琴莉がこんな悲鳴をあげたことはなかった。両手で身体を隠していたが、その場にうずくまる。隠せる部分はわずかだし、背中もお尻も丸見えだとはわかっていたが、それ以外にどうしようもない。回れ右をして戻ればよかったのだろうが、うずくまってしまったからにはもう遅かった。

「ごめん！」

乱入した琴莉が悪いのに、こちらが謝るより先に孝太郎が謝った。

よほど慌てたのか、浴槽から立ち上がる大きな水音とともになぜか孝太郎のイヤホンも飛んできて、もはやバスルームはカオスとなった。孝太郎が立ち上がったのならなおさら琴莉は顔も上げられない。

「立たないで！」

「ご、ごめん」

床に伏せた琴莉が叫ぶと、自分の失敗に気づいた孝太郎がさらに謝った。空き巣の時は瞬時に判断して的確に動いていたが、どうしたことか今の孝太郎は慌てふためいている。

しかし彼はただお風呂に入っていただけで、むしろ被害者だ。

「背中向けてるから今のうちに逃げてくれ」

そんなことを言われても、琴莉としては顔を上げれば何かを見てしまいそうだし、立ち上がれば自分の身体が丸見えになる。

「む……無理」

亀のようにうずくまったままただ首を横に振る。裸というだけでなぜ人間はここまで頼りなくなるのだろう。

結局、この膠着状態は孝太郎が先に動くことで収拾がついた。

「俺が出るから、そのままいて。顔を上げるなよ」

彼が浴槽から上がる水音とともにしぶきが散る。それから孝太郎が脱衣所に出た気配がして、すぐさま琴莉にふわりとバスタオルがかけられた。続いて脱衣所の扉が閉まる音がして、廊下から彼の声が聞こえた。

「もう大丈夫だからすぐ温まって。風邪ひくから」

情けないやら申し訳ないやらで琴莉はまだうずくまっていたが、孝太郎の声に促されバスルームの扉を閉めると、コックをひねって髪と身体を洗い始めた。自分の失態が恥ずかしくて、泡になって排水口から流れてしまいたいほどだ。

温かな湯に浸かると少し気持ちがほぐれてくる。

何の罪もないのに謝りながら琴莉を少しでも慰めようと動いてくれたのはやはり孝太郎らしいなと、琴莉は首まで湯に沈みながら考えた。

何だろう。ものすごく恥ずかしくて情けなくて合わせる顔もないのに絶望とは違う、しょっぱくて温かなどん底。

いつまでも引きこもっていたかったが、そうもいかないので琴莉は恐る恐るバスルームを出た。

普段はあまり頓着していない孝太郎も今はさすがに脱衣所のドアをぴったりと閉めてくれている。そもそも孝太郎が入浴の際に脱衣所のドアを閉めないことも今回の惨事の原因なのだが、これまで彼はひとりで好き放題に暮らしていたのだから仕方がない。

この期に及んで取り繕っている場合でもなく、とりあえず早く彼に謝ろうと素顔のままでリビングに戻る。孝太郎はいつものようにさっさと二階に行くことなく、ダイニングのテーブルで琴莉を待っていた。

あの騒ぎの直後では決まりが悪くて仕方がないが、琴莉も悄然と孝太郎の前に腰かける。

「あの……本当にお騒がせしてごめんなさい」

「いや、俺が悪い。イヤホンつけてたから」

それに脱衣所のドアも開け放しだし、電気もよく消し忘れるし、と孝太郎は言い足した。たしかにそうだが、彼は一切琴莉を責めずに自分が悪いとしか言わない。それはつまり〝見てしまった〟からだ。

普通の男女で同じことが起きたなら、ここまで気恥ずかしくなかったのかもしれない。このむずむずした空気は、自分たちが男女なのか幼馴染なのか兄妹なのか、どこにも属することができずにいるニュートラルな関係だからだろうか。

そしてやはり孝太郎はよくも悪くも嘘がつけない男だった。

「忘れるから」

「……え？」

忘れるということは、そういうことではないか。琴莉が顔を上げると、テーブルの向かいに座る孝太郎は失言に気づいて慌てて否定した。

「いや見てない」

「いいよ、ごまかさなくて」

孝太郎は「ごめん」と言って目を逸らした。彼の頬は心なしか赤くなっている。

正直なところ琴莉は普通体型なのでお宝な眺めだったとも思えず、孝太郎にそこまで謝らせるのもかえって気の毒になってくる。琴莉は半ばヤケクソ気味に言った。

「いい眺めでもなかったと思うし、もう謝らなくていいよ」

「そんなことない」

「やっぱり見たんじゃないの」

いい年して騒いでいる自分たちが滑稽に思えて、疲れなのか自棄なのか、琴莉はだんだん笑いたくなってきた。優秀で仏頂面で無敵の孝太郎がここまでグダグダになる様は可愛らしくすらある。

「お茶、淹れてくる」

孝太郎が目を逸らしたまま憮然と立ち上がった。でもこれまで彼がお茶を淹れるところなど見たこともない。

その夜、孝太郎が慣れない手つきで淹れてくれた濃すぎるミルクティーのせいで、疲れているのに琴莉はなかなか眠ることができなかった。

第三章　ニュートラルな関係

　同居生活が始まってしばらくが過ぎた。都内から移ってきた頃はまだ日差しも強く秋の入口の風情だったが、最近はそろそろ冬物衣類を出したくなるほど夜は冷え込むようになった。

　そうなるとこの辺りの地域性なのか全国的にそうなのか、交番が発行する瓦版には空き巣や窃盗への注意喚起が多くなる。琴莉の地域の空き巣被害は一向に収まらず、先日はコンビニ強盗までニュースになった。

「今いいか？」

「うん」

　休日の朝、孝太郎が琴莉の居室の入口から声をかけてきた。例によってドアは空圧で開いた状態だったが、特に隠すほどのプライバシーもなかったので、琴莉はそのまま寝起きのベッドを整えたりしているところだった。

「空き巣が解決する様子もないし長丁場になりそうだから、ちゃんと二階に部屋を作った方がよくないか？」

「でも……もうかなりお世話になっちゃってるし、そろそろ隣に戻らないといけないなと思ってるんだけど」

「いや、今はやめた方がいい」

孝太郎はきっぱり反対した。

「年末になるとさらに空き巣が増えるだろ。強盗もあったし。犯人はかなり下調べしてるらしいからひとりは危険だ」

たしかにそうだが、年末にかけて犯罪が増えるのは今年に限ったことではない。いずれきちんとひとりで生きていかねばならないので、いつまでも孝太郎の世話になるのも心苦しい。

「トランクルームから荷物を引き揚げろよ。賃料も浮くだろ」

「うん……たしかに賃料はもったいないけど」

琴莉も孝太郎の意見に同意だが、本格的な同居を始めるとずっと住み着いてしまいそうだ。

スタート時はぎくしゃくしていた同居生活も最近は結構快適で、孝太郎との会話も以前のように緊張しなくなった。

でも、琴莉はまだ両親に離婚のことを打ち明けていない。それなのに隣家にこっそり身を寄せている。空き巣という事情はあれ、図々しくここで快適に暮らす資格はないという罪悪感が拭えないのだ。

かといっていくら孝太郎に対価を払うなどの恩返しをしたくても彼は受け取らないだろう。だからエアコンもなくプライバシーも微妙なこの急場しのぎの部屋にいるのは、つい長居してしまわないようにという自分へのせめてもの戒めなのだ。

しかし琴莉がその気のない返事をしても孝太郎はなかなか諦めない。

「不便だろ。このドアもな」

幸太郎はそう言って琴莉の居室のドアを視線で示した。

琴莉がついバリケードを忘れるせいで、このドアはしょっちゅう間の悪いタイミングで事故を起こしている。この間は琴莉の着替え中に開いてしまったのだが、その時も孝太郎がかなり慌てていた。

いつも何があろうと動じない孝太郎だが、そういう時だけは鉄仮面が壊れるらしい。着替えといってもほぼ終わっていてどこも露出していなかったのに、その程度で狼狽えるのが意外だった。

「俺の部屋の隣は嫌かもしれないけどな」

「そんなことないよ！」

琴莉は慌てて否定した。

「ただ、けじめをつけておかないと、どんどん頼ってしまったら申し訳ないなって」

「いや俺の都合で言ってるんだ」

ドアが空圧で開く度、もう慣れてしまった琴莉は〝あはは〟で済ませているが、孝太郎は笑えないらしい。

バスルーム事件を起こしただけに、それを言われると琴莉も肩身が狭い。あれからしばらくの間、孝太郎はあまり目を合わせてくれなかった。

「二階の部屋なら勝手に開かないし、鍵もかかる」

「でも空き巣に部屋の鍵なんか通用しないんじゃない？」

家の中で鍵をかける必要性が今ひとつ理解できず琴莉は反論したが、孝太郎もなぜか譲らない。

「とにかくドアが勝手に開かないだけでも俺は助かるんだ」

「わかりました、わかりましたよ」

琴莉は根負けして白旗を掲げた。どうしても孝太郎は琴莉の部屋がオープンになってしょっちゅう琴莉の生活がちらちら見えるのが我慢できないらしい。

部屋着もジャージはやめて〝シマシマ〟とはいえ可愛いものに替えたし、初日以降はデスマスクも見せていない。琴莉としてはとても上品に最大限の努力で空気と化しているつもりなのだが、家主の孝太郎が自分の視界に入るなと言うなら仕方がない。

「じゃあお言葉に甘えてお引越します……」

「今日やるか？　休みだし」

「いいの？」

渋々引越に合意した琴莉だったが、このあと孝太郎がどこかに出かけてしまうと思っていたのに、琴莉の引越のために一日使ってくれるつもりだと知って、少し嬉しくなった。

「車出すからトランクルームの荷物もなるべく引き揚げれば？」

それは琴莉にとって非常にありがたかった。冬物衣類はかさばるのに、手で運べる量は知れていて埒があかないのだ。

「じゃあ決まりだ」

「ありがとう」

話はとんとん拍子に決まったが、その前にまず朝ごはんを食べようと琴莉が提案した。琴莉はきちんと朝ごはんを食べないと調子が出ない。

「いつも朝ごはん食べてないけど孝太郎はよく動けるね」

「ビタミンとミネラルとたんぱく質を摂ってればいいんじゃないのか？」

キッチンに立つ琴莉がリビングにいる孝太郎に話しかけると、そんな声が返ってくる。バイオ関連の研究者のせいか彼の食事に対する考えは理屈優先で淡白なので、琴莉は何か食べさせたくなってしまう。

ただ、それは彼が将来選ぶ相手の役割であって、居候の琴莉が出しゃばっていい事柄ではない。孝太郎は夕食を外で食べてくることが多いので、琴莉が孝太郎の食に差し障りなく関われるのは朝食だけだ。

孝太郎にも振る舞うことになるのでその日はきちんと出汁をとって味噌汁を作り、卵焼きには大根おろしを添えた。ひとりからふたりになると作る側も何だか嬉しくなって品数も自然と増える。

結婚生活でもこんな気持ちで作っていただろうか？

隼人に対して、琴莉はいつも減点されないようびくびくしていた気がする。それは孝太郎に対する緊張とはまた違っていた。

自分のこれまでを少しずつ整理しようとする時、琴莉はそこに孝太郎が度々出てくることに気付き始めていた。

「この味噌汁、何か魚が入ってる？」

味噌汁を啜った孝太郎が不思議そうに尋ねてくる。

「お店のお味噌汁に魚のあらが入っててすごくおいしかったの。でもひとり暮らしだと魚のあらを買っても使いきれないから、邪道だけどサバ缶入れてる」

「邪道なのか？　俺の舌にはおいしいよ」

隼人にこんな料理を出そうものなら顔をしかめられただろうが、孝太郎は気に入ったようで、琴莉は嬉しくなった。

〝また作ってあげるね〟

その言葉を言いかけた琴莉は危うく喉元でのみ込んだ。

孝太郎は一切プライベートの人間関係を見せないが、休日に彼はよく車で外出する。夜遅くなることが多いので、恋人と会っているのかなと琴莉は思っていた。だからなおさら、孝太郎の隣の部屋に居座ることが申し訳なくなる。

「即席のお味噌汁でもいいから、スプーン一杯ぐらいサバ缶入れるとおいしいよ。あおさのお味噌汁が相性いいの」

だから琴莉は孝太郎にもできる作り方だけ教えておいた。距離感を誤ってはいけないのだ。

「それなら俺にもできそうだ」

「でもやらないでしょ」

眠そうにゼリードリンクを飲んでいる毎朝の孝太郎を思い浮かべて琴莉が言うと、孝太郎も「まあそうだろうな」と笑って認めた。

学会で論文を発表するぐらい頭脳明晰な孝太郎だが、健康管理は誰かが面倒を見た方がよさそうだ。

いつか孝太郎が結婚したという知らせを母から聞く日が来るのかなと、琴莉はふわりと考えた。少し寂しく思うのは、きっともうそんな幸せを諦めている孤独のせいだ。

普段〝朝は食べない〟と言っている孝太郎だが、卵焼きも味噌汁も作り置きの煮物もすべて平らげた。かぶの酢の物も、文句を言いつつ結局は完食した。

ふたりでお皿を洗って片付けてしまうと、いよいよ新しい部屋作りに取りかかる。

しかし入居予定の二階の部屋のドアを開けた琴莉は唖然とした。

「よくこれでこの部屋にしろって言ったね」

「まあまあ」

そこは孝太郎の研究資料やその他の荷物置き場になっていて、書物や雑多な物が山と積み上げられていた。それでいて隣にある孝太郎の部屋はほぼ物がなくすっきりとシンプルな感じに保っているのだから呆れる。

「俺ってミニマリストだからさ」

「それ違うと思う」

冗談を言いながら片付け始める。

琴莉は長居するつもりはないので孝太郎の持ち物すべてを部屋から出すのではなく、整理して隅に寄せてもらうだけでいいと主張した。最低限マットレスを敷く場所があればいい。

でも孝太郎はそれでは申し訳ないからといって、かなりの量の書物を自分の部屋に移していく。その取捨選択は孝太郎にしかわからないので、琴莉にできることはあまりない。

「まあ座って休んでろ」

孝太郎はそう言ったが、その理由は優しさというより〝誰かに監視されていないと作業が続かない〟からだった。

「古い資料とか読み始めて手が止まるんだ」

資料を見ると数字の羅列や英語の文献が多く、琴莉には一行も意味がわからない。これに夢中になれる頭脳に改めて感心してしまった。

世の中には役割があって、こういうことを研究してくれる人たちのお陰で科学は進歩していくのだ。

　手持無沙汰な琴莉は雑貨を整理し始めた。

「このハサミ、高校生の時の？」

「あーそうだな。そこの百均のやつ」

　琴莉が懐かしいハサミを見つけて声をあげると、書籍を分類していた孝太郎も手を止めた。

　今はもう閉店してしまったが、近所の小さなスーパーにマイナーな名前の百均ショップがあって、琴莉たちは重宝していた。

「すごい早口のおじさんの店だった」

　琴莉がそう言うと孝太郎も笑い出した。

「よく捕まってなかったか？　おじさんの説明、一生懸命聞いてたよな」

「うん。おじさん一生懸命説明してくれるから」

　孝太郎に目撃されていたと知り、琴莉は恥ずかしいようなくすぐったいような気分で笑った。

　あの頃孝太郎とは会話することもない遠い存在だったが、同じ記憶の中で生きていることを知って嬉しくなる。

「昔から文房具が好きだったもんな」

　また手を動かし始めた孝太郎が不意にそんなことを言う。その横顔はとても優しかった。

　ぎゅっと胸の奥を締め付けられるような感覚が込み上げ、琴莉は思わず息を止めた。その波が静まるよう、琴莉もまた手を動かし始める。

「たった百円で十年以上立派に使えてるんだからすごいよな」

「まだ使ってること、おじさんに知ってほしいね」

　閉店してしまった店のこと、家族レジャーの思い出。他愛もない話をしながらの片付けは結構楽しかった。


　部屋がある程度綺麗になると、琴莉の荷物があるトランクルームに車で向かった。電車でふたつ向こうの駅にあるのでさほど遠くないが、琴莉の荷物は衣類が中心とはいえ家具もあるので結構な力仕事だ。

　琴莉も運ぼうとしたが、孝太郎は琴莉に重い物を持たせようとしなかった。

　隼人との生活では家事はすべて当然のように琴莉の役割とされていたので、琴莉は力仕事や電球交換も普通にこなしていた。女だから弱いわけではないと、琴莉もそれを当たり前に受け止めていた。

でも、孝太郎は琴莉を女の子として扱う。口は悪いしぶっきらぼうだが、孝太郎の本質は紳士なのだ。

(守ってもらえる安心感って、きっとこんな感じなのかな……)

それは隼人との関係では望めなかったもの。家具を運んでもらっただけでこんなふうにじんわりしている自分が情けないが、琴莉は孝太郎と結婚する相手は幸せだろうなと想像した。

孝太郎の最近のプライベートは知らないから、琴莉の脳内に浮かぶのは昔彼とよく一緒にいた二谷美佐子だ。

駅でたまに彼女を見かけるから、まだ結婚せず実家にいるのだろう。孝太郎と同じ難関大学で院にまで進んだと聞いたから、きっと一流企業に勤めているに違いない。

高級感のあるファッションに身を包んだ彼女は昔よりさらに人目を引く美人になっていた。

「シマシマ邪魔」

そこで琴莉はチェストを抱えた孝太郎に文句を言われ、慌てて飛びのいた。トランクルームから引き揚げたチェストを琴莉が立っている窓際に置くらしい。

「ありがとう」

まずは礼を言ってから、琴莉はぼそぼそと抗議した。

「今シマシマ着てないのに」

孝太郎はチェストの中央に窓がくるよう位置を調整していて、琴莉の抗議をスルーした。

「昔もずっと〝おい〟だった」

特別な間柄でもないのに呼び名にこだわることもないが、孝太郎が無視するので琴莉も食い下がる。

今こうして同居していても、いつかまた名ばかりの〝幼馴染〟という希薄な関係に戻るだろう。それでも、ひとつぐらいこの同居の名残があってもいい。

「ちゃんと名前があるのに」

「じゃ琴莉」

なぜそんなに渋々なのか、孝太郎はぶっきらぼうに言うと、次の荷物を取りにさっさと部屋を出ていってしまった。でも怒っているわけではなさそうだ。

（どうしてだろ……）

階段を下りていく足音を聞きながら、琴莉は胸元を握りしめた。

ただ名前を呼ばれただけなのに。それもすごく嫌そうだったのに。なのに孝太郎の声が小さな棘のように琴莉の胸に刺さって抜けてくれない。

その夜、琴莉は新しい自分の部屋のベッドの中で明かりを消した暗がりを眺めていた。部屋の片側にはかなり小さくなった書物の山が暗がりにうっすら見えている。その壁の向こうは孝太郎の部屋だ。

『ドアちゃんと閉めろよ』

『わかってる』

寝る前にも繰り広げられた小さな言い合いを思い出して、琴莉はくすっと笑って目を閉じた。壁の向こうに孝太郎がいる。それだけで、どうしてこんなに安心してしまうのだろう? そんな安穏な状態に浸ってはいけないのに。これから私はひとりで強く生きていくのに。

琴莉は寝返りを打って壁に背を向けた。今も抜けない小さな棘。明日になったら抜けているだろうか。

琴莉が新しい部屋に移ってから一週間が過ぎた。一階の仮住まいを気に入っていた琴莉だが、やはり孝太郎が主張したように、ちゃんと個室として作られた二階の部屋の居心地は格別だった。

二階に移ってから気づいたのは、孝太郎がリビングで過ごす時間が増えたことだった。これまでは自分がリビングにいると琴莉が落ち着かないのではと気を遣っていたらしい。今はシェアハウスの共用スペースのように、リビングでふたりが顔を合わせた時は一緒に過ごすこともあった。彼は自室で仕事していることが多いが、息抜きでたまに下りてくる。

金曜の夜、琴莉が会社の飲み会で少し遅くに帰宅すると、リビングで孝太郎がハイボールを飲んでいた。

「孝太郎は今夜は論文いいの？」

十二月に国際学会での論文発表があるため、ここのところ孝太郎は夜遅くまで自室で論文を書いていることが多かった。研究員なので会社でも執筆はできるが、大きなプロジェクトにも携わっていて、会社ではそちらの業務を優先しているという。

「ほぼまとまったから、今夜は一休み」

「お疲れ様」

かなり根を詰めて書いているのを知っていたので、琴莉も少しほっとする。

「今日は琴莉も飲み会だったんだろ？」

この一週間で進歩して、孝太郎は琴莉を名前で呼んでくれるようになった。

「うん。でもすごく疲れた」

「嫌な上司でもいたのか？」

「違うけど……似たようなものかな」

元々飲み会は苦手だが、今日は運悪く隼人に絡まれて琴莉にとっては最悪だった。

そんな琴莉に孝太郎が缶を持ち上げてみせる。

「飲み直す？」

「うん」

滅多にない誘いに琴莉は素直に乗った。あまりお酒は強くないが、家で気ままにちびちび飲むのは好きだ。

「でも先に風呂入ってこいよ。眠くなるだろ」

孝太郎の指摘はもっともなので、琴莉は今すぐソファにへたり込みたいのを我慢してすごすごとバスルームに向かった。

手早く入浴を済ませ、保湿しただけの素顔でバスルームを出る。最近は何が何でも素顔を見せるまいと頑張ることはやめている。何しろ〝たいして変わってない〟のだから努力の甲斐がない。

もたもたしていると孝太郎が琴莉を見捨てて先に寝てしまうのではと思ったが、リビングに戻ってみると孝太郎はちゃんとそこにいた。しかも琴莉がお風呂に入っている間にコンビニに買い足しに行ってくれていた。

琴莉のために孝太郎がソファの端に寄り場所を空けてくれる。

「これでいい？」

「ありがとう」

手渡されたチューハイは琴莉が好んでたまに飲んでいるものだった。

「あ。ちょっと待て」

孝太郎が琴莉の手から缶を取り上げ、プルタブを開けてからまた渡してくれる。

「……ありがと」

琴莉はネイルなどはしていないので、プルタブを開けるぐらいは普段の料理で当たり前にやっている。でもこんなふうに扱われると、なんだか自分がとても大切なもののように思えて、おしとやかな気分になる。

できるだけ上品にチューハイに口をつけようとした琴莉はふと孝太郎の格好を見て思わず突っ込んでしまった。

「孝太郎、まさかその格好でコンビニ行ったの？」

彼が着ているのは寝間着にしているスウェットだ。孝太郎が着ると何でも様になるとはいえ、寝間着は寝間着だ。

しかし孝太郎は気にする様子もなくハイボールをぐいと飲んでから答えた。

「うん。かっこいいだろ」

これには琴莉も盛大に笑ってしまった。

「怪しすぎるでしょ！」

孝太郎も笑っている。彼がこんなふうに笑うのは初めて見る。

「誰も見ないだろ」

孝太郎は自分が人目を引く容姿だということをあまりわかっていないのだが、それがまた彼のいいところでもある。

孝太郎がリラックスしているので、琴莉も飲む前からすでに楽しくなってきた。

「ああ……美味しい」

ひと口飲んだ琴莉が生き返った気分で呟くと、それを見て笑った孝太郎がコンビニ袋から小さなパッケージを取り出した。

「ほら。抹茶の生チョコ見つけたぞ」

「わあ、ありがとう」

抹茶好きな琴莉は遠慮なくいそいそとパッケージを開けた。コンビニスイーツながら高級路線らしく、抹茶をまぶしたトリュフが三つ、上品に並んでいる。

「孝太郎も食べる？」

「俺はいい」

孝太郎は甘いものはあまり食べないが、同居するうちに琴莉の好物をなんとなく把握してくれているようだ。

「ひとつ百キロカロリーらしいぞ」

パッケージの外袋を眺めた孝太郎の言葉は無視して、琴莉は「いただきます」と抹茶チョコを口に入れた。

「んーおいしー」

至福の甘味に琴莉は思わずうっとりと目を閉じた。ほろ苦い抹茶と濃厚なホワイトチョコレートが口の中で溶け、目を閉じた琴莉の頬は自然とほころんだ。

「幸せ……あっ、見ちゃだめ！」

目を開けた琴莉は孝太郎に見つめられていたことに気づき、慌てて手で額を隠した。お風呂上りなので今は完全な素顔だ。

「何で隠す？」

「……眉が薄いから」

「いいと思うけど」

孝太郎の気楽な反応に、琴莉はつい昔の恨みを口にしてしまった。

「でも昔、マロって言ったの孝太郎だよ」

「うん、覚えてる」

琴莉が抗議すると、孝太郎は少し決まりの悪そうな顔になった。

「まさか、あれが原因で気にしてたのか？」

「他にもいろいろあったけど……最初のきっかけはあれだった」

高校時代の友人たちの嘲笑、隼人の言葉。本当の原因は悪意を持った彼らの言葉だったが、そんな話を孝太郎に聞かせるのは嫌で、琴莉は俯いてルームウェアの裾をいじった。

「ごめん。俺としては称賛してたんだけど」

あんな昔の些細なことを孝太郎が覚えていたことは意外だったが、称賛とまで言われると反論せずにはいられない。

「誰がどう聞いても褒め言葉じゃないよ」

「いや……あの時、素直に言えなかったんだ」

孝太郎はそう言うと琴莉から顔を逸らし、ハイボールの残りを飲み干して缶を置いた。

「あの時、女の子だなあと思ったんだ。丸くてつるんとしてて、ほっこり白くてやわらかそうで」

まるで餅のように言われても複雑だが、孝太郎の横顔は真剣だった。

「それって男との絶対的な違いなんだ。個人差あるけど男って女の子よりゴツゴツしてるし、毛も多いだろ」

「う……うん」

「生物学的に、琴莉はすごく女の子なんだ」

どう解釈していいのか微妙だし、世間の価値観とも褒め言葉とも違っているが、孝太郎の理論ではそういうことらしい。

「でもあの当時の俺はそんなこと言えなかった。気持ち悪がられるのは見えてるし」

聞いているうちに恥ずかしくなって頬が火照ってしまった。アルコールのせいにしたくて琴莉は手にしていたチューハイをひと口飲む。

違う見方を教えられて自分の顔に少し肯定的になれたが、だからといって胸を張れるわけではない。

琴莉は強がって少し笑い、この話を締めくくるつもりで言った。

「でも世間ではやっぱり眉なしは間抜けだからメイクは必要なの。孝太郎にはたいして変わってないって言われたけど」

自分の顔を論議されるこの辱めはもう終わりにしてもらわないと居心地が悪くてたまらない。それなのにここで孝太郎は琴莉を赤面させることを言った。

「あれは、化粧してもしなくても可愛いって言いたかったんだ」

孝太郎は完全に琴莉から顔を背けてしまったが、耳が赤いように見えるのは気のせいだろうか。

「あの言い方、無駄な努力はやめろとしか聞こえないよ」

可愛げなく文句を言ってから、琴莉はようやく素直に呟いた。

「でも、ありがとう」

生物学限定でなく、孝太郎に可愛いと言ってもらえたことが嬉しかった。孝太郎はお世辞を言わないから、素直に信じておこうと思う。

照れ隠しに抹茶の生チョコをまたひとつ食べると、新しい缶を開けた隣からツッコミが入った。

「合計二百キロカロリー」

「もういい、気にしない」

「そうだよ。まん丸に太ってる方が生物学的に女の子なんだ」

「やめてよ。孝太郎の理屈だとどんどん変な生き物になる」

ふたりとも笑って、そこからはしばらく飲みながら会社の話をした。孝太郎は大学時代から今に至るまでウイルスを使って遺伝子の研究を続けているらしい。

「遺伝……生物基礎で一番苦手だった」

「何が得意だったんだ？」

「何も。理系科目全部だめ」

高校時代、理系科目が苦手な琴莉に母親が〝孝太郎くんに家庭教師になってもらおう〞と言い出して、それだけはと止めたことがあった。

「その時だけは必死に勉強して、少し成績が上がったから回避できたの」

「俺はそこまで嫌がられてたのか」

琴莉の話を聞いて孝太郎が笑っている。

しかし、話題が琴莉の仕事の話になると、和やかだった空気に影がさした。

「新卒からずっとその会社？」

琴莉が事務用品メーカーに勤めていると聞いた孝太郎は少し怪訝そうな顔をした。

「うん」

頷いてから、琴莉は孝太郎の表情の理由に気づいた。琴莉が社内結婚したことを彼はおそらく知っていて、離婚しても元夫と同じ会社にいることに驚いたのだろう。

「転職も考えたよ。離婚で揉めた時も……今も」

琴莉は俯き、チューハイの缶についた結露を手で拭った。離婚という言葉を出してしまったことを孝太郎に申し訳なく思う。しかし、今日も隼人に絡まれた苦痛が琴莉を弱くする。

愚痴にならないように必死に自分を抑えながら、琴莉は言葉を繋いだ。

「文房具が大好きだし、今は転職も厳しいから、会社にとどまってるの。転職までして親に心配かけたくない」

もうすぐ三十歳。離婚したうえに仕事も不安定になってしまったら、琴莉自身も辛いのに両親が心配しても宥めてあげられない。

「でも、離婚だけは、どうしても……」

離婚しなければ耐えられなかった。そして詳細な説明を求められることも、思いとどまるよう説得されることも耐えられそうになかったから、離婚の真相は友人にも誰にも話していなかった。

それなのに今、封印していた離婚の話題に自ら触れてしまった。思い出すのも耐えられないあの出来事が雪崩を打って押し寄せてくる。

孝太郎にこんな話をしては迷惑をかけてしまう。止めなければと思うのに、琴莉の感情は決壊寸前になっていた。

「あの人たちが汚した家にいるのは一秒も耐えられなかった」

あの夜に耳にしてしまった隼人たちの会話の続きは、彼らが以前から自宅で行為していたことを示していた。隼人がアシスタントの留美を伴って〝外回り〟に出ていた時、ホテル代わりに自宅を使っていたのだろう。

しかし琴莉がうっかり零した言葉に孝太郎の顔色が変わった。

「まさか――」

孝太郎は口を開きかけたが、すぐに打ち消した。

「いや言わなくていい」

孝太郎の顔は不快感のせいなのか強張っている。当事者が複数いる〝あの人たち〟という言葉で離婚の原因が不倫だったと察したのだろう。

「ごめんなさい」

孝太郎にこんな汚らしい話をしてしまうなんて。

俯いた琴莉の目から一滴涙が零れ、チューハイの缶に音を立てて落ちた。人前で涙を見せることだけはするまいと今まで耐えてきた。離婚したことを両親に打ち明けられないのも、まだ涙を見せずにいられる自信がないからだ。

「どうして謝るんだ」

「だって……せっかく、た、楽しく、飲んでたのに」

息が震えて言葉が途切れてしまう。これ以上涙を零すまいと、琴莉は爪が白くなるほど手の中の缶を握りしめた。

すると孝太郎の腕が伸び、琴莉の手からチューハイの缶を取り上げた。

「あ、返して」

取り戻そうとして顔を上げる。しかし孝太郎と目が合った途端、琴莉の涙腺が決壊してしまった。彼がとても優しく、辛そうな目で琴莉を見つめていたからだ。

孝太郎はぬるい感情には手厳しい。だからこんな面倒臭い話に付き合わされて、きっとうんざりしているだろうと思っていたのに。

「返して」

でもその孝太郎の顔はもう涙で見えない。

「それ持ってないと泣くから」

めちゃくちゃな理屈だとわかっているが、チューハイの缶のせいにするしかなかった。何か喋っていないと、もっとみっともなく泣いてしまいそうだった。

その時、温かな手が琴莉の頬の涙を優しく拭った。それから大きく逞しい何かが琴莉の肩を包んだ。それはいつも洗濯で抱きしめているタオルと同じ香りの孝太郎の腕だった。

「頼むから、缶を相手にひとりで泣かないでくれ」

「ごめ……」

ためらいがちな腕にそっと抱き寄せられる。

孝太郎の胸に額を預けた琴莉の目から涙が零れた。涙は彼の服に落ちては吸い込まれ、濃い灰色のシミを作る。離れようと思うのに、孝太郎の腕に抱き寄せられるまま琴莉は顔を埋めて涙を零した。

「今だけ。嫌だったら突き飛ばしてくれ」

そう、今だけ——。

孝太郎に言い訳をもらい、琴莉はその夜、彼の肩を借りて泣いた。泣きながら誰にも言えなかったあの夜の衝撃をぽつりぽつりと語った。

かなり要領を得ない説明だったと思うが、孝太郎がものすごく辛抱強く耳を傾け、凄まじく腹を立てたことは覚えている。琴莉の背中を撫でる彼の手が怒りで震えていた。

辛いのは隼人の裏切りだけではない。誰に対しても一生懸命に心を込めて接してきたのに、友情も愛情も利用され嘲られて踏みにじられる。それに耐えることにも怒ることにも疲れてしまった。誰かを恨むことにも、そして自分に原因があったのではないかと悩むことにも。

孝太郎のスウェットの胸元は琴莉の涙ですっかり濡れてしまった。琴莉の顔はきっと腫れて〝生物学的に女の子〟どころではない状態だろう。

こんなはずじゃなかったのに——。

「ごめん」

「だから謝るな」

いつしか琴莉は孝太郎の腕の中で泣き疲れて眠ってしまったが、最後までこのやり取りを繰り返していたことだけは覚えている。

第四章　そして、恋を知る

翌朝、ベッドで目覚めた琴莉はしばらくぼんやりと白い天井を眺めていた。アラームをセットし忘れて寝過ごしたのかと一瞬ひやりとしたが、すぐに昨日は金曜日だったから今日は休日だと思い出し、安堵してまた目を瞑る。

しかし一度はさらっと頭を通過した〝昨日は金曜日〟という部分にぎょっとして琴莉は目を開けた。

金曜日は飲み会で隼人に絡まれて、疲れて帰宅したら孝太郎が〝飲み直す？〟って声をかけてくれて——。

「………」

昨夜の記憶が次々と蘇る。離婚のことを孝太郎に口走ってしまい、涙を堪えきれなくなったこと。そうしたら孝太郎が肩を抱き寄せてくれて、彼の胸で思いきり泣いてしまったこと。

（何てことを……）

隼人に裏切られたあの夜の生々しい状況まですべてぶちまけてしまった。そのあとひとりで家を出てから離婚まで耐えたことも。

『頑張ったな』

孝太郎にとって聞きたい話でもなかったはずだが、彼はそう言って何度も琴莉の頭を撫でてくれた。それを聞いたら余計に涙が止まらなくなった。

優しくお人よしな性格の琴莉はこれまで友人関係の中で悲しい思いをすることが度々あったが、それでも自分が心を込めて接していれば相手にも伝わると信じようとしていた。

しかし隼人と留美の手ひどい裏切りに遭った時、琴莉の中で何かがふつりと切れた。人を信じることに嫌気がさしてしまったのだ。

人間不信に陥っていた琴莉に、孝太郎はそっと肩を貸してひたすら琴莉の涙に付き合ってくれた。今の琴莉にとって一番必要だったのは、こうしてすべてを吐き出して思いきり泣くことだったのだろう。

昨夜のお酒のせいで頭は重いのに、今朝は何かを脱ぎ捨てたように不思議に心が軽くなっていた。

しかし、そこで琴莉はあることに気がついた。

（どうして私、ベッドで寝てるの？）

昨夜、孝太郎とのふたり飲み会の片付けをした記憶がない。階段を上がった記憶もない。孝太郎の腕の中で泣いて、疲れて眠くなったところで記憶が終わっているのだ。

（まさか……）

起き上がってしばらく考えた末にある結論しかないことがわかると、琴莉は呻いて頭を抱えた。

孝太郎は細身ながら実は逞しく引き締まった体躯であることはバスルーム事件で図らずも知っている。そして彼はかなりの長身だ。しかし、いくら孝太郎が屈強でも琴莉を二階まで運ぶのは容易ではなかったはずだ。

（謝らないといけないことが多すぎる……）

気まずいことこの上ないが、いつまでも部屋で粘っているわけにもいかないし、やはり昨夜のことを謝ってお礼も言いたい。

かなり寝坊してしまったようで、時計を見ると針はもう十時近くを指している。

勇気を出してそっと部屋を出た琴莉は隣の孝太郎の部屋の前で立ち止まり、深呼吸をしてから小さくノックしてみた。

応答はないし耳を澄ませても物音がしないので、しおしおと一階に下りていった。

リビングに行く前にまず洗面所で鏡を見た琴莉はさらに落ち込んだ。目覚めた時から瞼が重かったので薄々気づいてはいたが、顔がひどくむくんでいる。特に瞼は人相が変わって見えるほどだった。

お酒を飲んだうえあれだけ泣いたのだから、腫れているのは当然だ。

歯磨きと洗顔のあと冷水で顔を冷やしてみたが大して変わらず、仕方がないのでその顔でリビングに行った。

普段の休日は遅くまで寝ていることが多いのに、孝太郎はすでに起きていてキッチンでコーヒーを淹れていた。

「おはよう」

琴莉がリビングに入ってきたのに気づき、孝太郎が軽く挨拶する。特に優しいわけでも怒っているふうでもなく、いつも通りの素っ気ない声だ。

「……おはよう」

琴莉も挨拶を返し、昨日のお礼を伝えるのに第一声は何を言えばいいのかを考えた。

「コーヒー飲む？」

「う、うん。ありがとう」

いい言葉を思いつく前に孝太郎に尋ねられ、琴莉はぎこちなく頷いた。

「牛乳を温めてラテにするんだよな？」

「あ、自分で温めるよ」

電子レンジに牛乳のカップを入れながら、隣でコーヒーを淹れている孝太郎の存在を意識する。標準より少し小柄な琴莉と比べると、身長が一八〇センチを優に超える孝太郎の腰の位置は当然ながらはるかに高い。

昨夜孝太郎に言われた生物学的な〝男女の違い〟の話の記憶がふわりと蘇り、琴莉は気恥ずかしさで顔に熱が集まるのを感じた。琴莉を抱えてしまえるほど孝太郎は大きくて強い。今初めて知ったことでもないのに、どうして動悸が速くなってしまうのだろう。

「カップ貸して」

電子レンジの完了音が鳴ると、琴莉が手を伸ばすより先に孝太郎が牛乳のカップを取り、コーヒーマシンの抽出口に置いた。重い振動音とともにエスプレッソが牛乳のカップに落ち、クレマが淡い茶色の渦模様を描き出す。

同居を始めた頃は岩舘家のキッチンにコーヒーマシンはなく、孝太郎はコーヒーが飲みたくなればドリップコーヒーか缶コーヒーで済ませていたようだ。理由は〝調理家電はそんなに使わないから〟。

孝太郎は呆れるほど合理主義で、食事は外で済ませてしまえばキッチンは汚れないし冷蔵庫も清潔だと言っていた。

ところが琴莉が同居を開始してしばらくすると、孝太郎は考えを変えたのかコーヒーマシンを導入した。エスプレッソのカプセルを使うタイプだ。

孝太郎は〝味音痴だし濃くても薄くてもどこの豆でもいい〟と言っていたので手軽さで選んだのだろうが、琴莉はそのマシンがエスプレッソ専用であることに大喜びした。カフェラテを作ることができるからだ。

それまで琴莉はよくコンビニにカフェラテを買いに行っていた。カフェで買うより安上がりなので、貯金のため節約に励む琴莉のささやかな贅沢だ。しかし、このマシンが来てからは毎日自宅で美味しいカフェラテを楽しめるようになった。

『これでコンビニに行かなくて済む！』

『いちいち化粧してたら三十分仕事だもんな』

喜ぶ琴莉に孝太郎が小バカにしたようなことを言っていたが、コンビニであっても眉メイクが必須の琴莉には少々の皮肉など大したことではない。

そのおかげでこうして今、腫れた顔の寝起き姿でも熱々の美味しいカフェラテが飲めるのだから。

「俺が運ぶよ。熱いから」

孝太郎がカップをふたつ持ってテーブルに運んでくれた。

最初の頃は接点も少なくて気づかなかったが、孝太郎はいつもこうしてさりげなく琴莉の世話を焼いてくれている。もしかすると、このコーヒーマシンもラテのためにエスプレッソタイプにしてくれたのではないだろうか。

お風呂上がりにラテが飲みたくてコンビニに行こうとした琴莉を孝太郎が〝夜は危ない〟と言って止め、代わりに行ってくれたことが何度かあった。マシンを買ったのもコンビニ強盗事件が起きてからだ。

（そんなこと、あるわけないか）

孝太郎の優しさを探してしまう自分に気づき、琴莉はその考えを打ち消した。

意外と紳士なところがあるから同居人の琴莉にもフラットに優しいだけだ。そこにべたべたした感情を持たれることを彼は嫌うだろうし、離婚で気弱になっているからといって琴莉はその境界を踏み誤ってはいけないのだ。

「ありがとう」

目の前に置かれたカフェラテのカップを両手で包み、琴莉は俯いて小さくお礼を言った。正面にいる孝太郎に腫れた瞼を見られるのが少し恥ずかしかったから。

さほどお酒が好きではない琴莉はビールの泡の美味しさはわからないが、ラテのクレマの泡は大好きだ。いつも最初に熱々の泡を少しずつ味わって幸せに浸る。

今日も琴莉はまずその泡を少しだけ舐めた。

（美味しい……）

散々泣いた翌朝でも、人生で躓いても、好物は琴莉を幸せにしてくれる。唇についた泡を舐めた時、ふと視線を感じて顔を上げると孝太郎と目が合った。その一瞬の孝太郎の表情に琴莉は目を奪われた。

切れ長の目がとても優しい表情を浮かべて微笑んでいるように見えたのだ。目尻を下げている孝太郎は初めて見る。

しかし、その表情は気のせいだったのか一瞬で消えた。というより、失礼なことに孝太郎は顔を上げた琴莉の瞼を見てぎょっとしたようだった。

「すごい瞼だけど俺の顔とか見えてる？」

「見えてるよっ」

こういう時に優しくしないのが孝太郎だ。それでも彼の本質は優しい。なぜ昔はそれが見えなかったのだろう。昔はぐさりと本当のことを言う鋭さが苦手だった。今はその正直さが清々しい。

ふたりともが少し笑ったところで、琴莉は昨夜のことを切り出した。

「あの……夕べはごめんなさい」

「何が？」

「あの……いろいろ」

「謝られるようなことは何もなかったけど」

「じゃあその……ありがとう。二階まで運んでくれたんだよね」

「うん。重かった」

シンプルに返されて、琴莉は笑ってしまった。

「軽いとは思ってないよ」

琴莉は憤慨したふりをして言い返したが、次に孝太郎がさらっと言った言葉に胸が詰まってしまった。

「毛布をかけても二階は寒いからな」

ほら、こういうところ。

琴莉は胸にツンとした小さな痛みを感じ、孝太郎から目を逸らした。

大人になってこうして同居して初めて孝太郎の強さと優しさと包容力に気づいてしまう。ひとつ、またひとつとそれが積もる度に琴莉の胸の奥でじわじわと何かが溶け始める。温かくてそれでいて痛くて苦しい何かが。

これは幼馴染に対するノスタルジーのようなもの。彼を避けていた遠い昔の時間を取り戻そうとしているだけ。きっとそう。そうでなければ困るのだ。

泡が消えかけたラテを飲み干すと、琴莉はすでに空になっていた孝太郎のカップも取って立ち上がった。

「さあ、元気に朝ご飯作ろう」

すると孝太郎が伸びをしながら尋ねてきた。

「今日、どっか行く予定ある？」

「ないよ。あってもこの顔じゃ行けないし」

「まあそうだな」

軽く笑った孝太郎に琴莉は拗ねたが、次に孝太郎は意外なことを言ってきた。

「今日、車で土の採取に行くんだけど、一緒に行くか？　退屈するかもしれないけど、ドライブだと思えば」

「……土の採取？」

何のことやらわからず琴莉が聞き返すと、孝太郎が簡単に説明してくれた。孝太郎の研究に土や植物の根にいる細菌を多く集める必要があること。そのためにいろいろな場所の土を採取していること。

「観光地とか行くわけじゃない。ただ車で名もなき田舎をうろうろするだけの旅」

「それって、たまに美味しそうなお店とかあったら立ち寄ったりするやつ？　テレビでやってるような」

「まあそう言われたらそう」

「行く！」

琴莉が勇んで飛びつくと、孝太郎はのんびりと笑った。

「天気もいいしな」


それから三十分後にはふたりは車に乗っていた。琴莉は例によって朝ご飯を食べなければと主張したが、孝太郎に押し切られて空きっ腹での出発だ。

「たまには楽してどこかで食べればいいよ。いつも琴莉は家でちゃんと食べてるんだから」

「そうだけど……」

もちろん自身の健康と節約のために琴莉は自炊派なのだが、休日の朝などは孝太郎にできるだけ栄養のあるものを食べさせてあげたいという思いがある。彼の特別な存在ではないのに差し出がましいことだとわかっていても。

「孝太郎はいつも外食でしょ。同居させてもらってるお礼もしたいし、たまには作ってあげたいなと思って。っていうほどのご飯じゃないけど」

そう、同居のお礼。孝太郎に何かを食べさせたいという自身の思いに理由が見つかり、琴莉はほっとした。

ハンドルを握る孝太郎の横顔が言う。

「最初に言っただろ。食事は各自でって」

言われた瞬間、勘違いするなと拒絶されたと思った琴莉は胸を突き刺されたようなショックを受けた。しかし孝太郎が言おうとしていることはそうではなかった。

「俺、全然料理しないだろ。だからって琴莉に甘えるのはよくないと思うんだよな。そりゃ外食より手料理の方が美味しいに決まってるよ。外食も飽きるしな」

さきほどのショックは早合点だったと知り、琴莉は孝太郎に気づかれないように深く息を吐いた。

孝太郎に拒絶されることがなぜあんなに痛かったのだろう。ただの幼馴染、ただの同居相手に、どうしてここまで致命的なほど感情が揺れたのだろう。孝太郎に拒絶されることと同じぐらい、琴莉は自身の心が怖かった。

「でも身体構造上、男が料理ができないわけでもないのに、女にそういう役割を背負わせる既成概念もおかしいと思う。俺はそうなりたくない」

　隼人との結婚生活では琴莉が家事のすべてを担っていた。そのことは昨夜の打ち明け話では触れていないので、これは孝太郎自身の想いなのだろう。彼はこんなふうに、昔も世間がどうあれ自分が思うことを口にする人だった。

「だけど、そう思ってても俺が料理しないせいで結果的に琴莉に甘えることになるだろ」

「そんなこと……ひとり分作るのもふたり分作るのも変わらないよ」

「琴莉はいつも周囲に気を遣うだろ。たぶん自分がしんどい時も相手のために無理して頑張ることがすごくあると思うんだよな」

「……うん」

　出会った当時の孝太郎は家族レジャーで一緒にいても琴莉には無関心でほとんど会話すらなかったが、こうして琴莉の行動様式をしっかり見抜いていた。当時の琴莉が孝太郎に対して苦手意識を抱いていたのは、彼の洞察力が琴莉の欠点を暴き出していることを感じていたからだろう。

　しかし大人になった今は彼の言葉が素直に沁みる。

「ほんと、孝太郎の言う通り。私そういう欠点あると思う」

周囲の人間が悪いばかりではなく、自分が触媒のように彼らの悪い部分を引き出してしまっている気がする。琴莉も自覚はしているのだ。

「欠点じゃない。優しいことは本来は美点であって欠点じゃないのに、そこにつけ込んでのさばる人間が多いんだ。図太くて図々しい人間が。昨日言ってた奴らはまさにそうだろ？　いや、話がまずい方向に来たな。ごめん」

琴莉が何か言葉を挟む隙もない勢いで喋ったあと、孝太郎は自分で突っ込んで話をまとめてしまった。隼人や留美の話題を蒸し返してはいけないと思ったらしい。

昨夜、孝太郎は会ったこともない隼人に対して凄まじく腹を立てていた。

『なぜ慰謝料をもらわなかったんだ。それなりの懲罰を与えろ』

そう言って孝太郎は珍しく感情的に怒ったが、琴莉が『だって一刻も早く終わらせたかった』と涙ながらに言うと、彼は腰砕けになり『ごめん』と平誤りしていた。

『部外者が軽率に言うことじゃなかった』

昨夜そんなやり取りがあったので、孝太郎は怒りが再燃しつつも琴莉を傷つける話題だと思ったのだろう。

でも、琴莉は自分の代わりに孝太郎が怒ってくれたことで留飲が下がったようにすっきりしていた。

「いろいろ言いたいことあったのにシャッター閉められた」

琴莉が唇を尖らせると、孝太郎が笑い出した。

「悪いな。勝手に喋って勝手に終わった」

彼は不愛想で口数が多い方ではないが、静かなタイプでもない。同居を開始した時は苦手で仕方がなかったのに、今は孝太郎のこの自由なペースが琴莉にはとても心地よかった。

「今日はのんびり楽しくいかないとな」

「うん」

琴莉は頷いたあと、たくさんの感謝を込めて食事について提案した。

「最初の話題だけど、ご飯を作りすぎた時とか、食べてもらっていい？　不定期ってことで」

「うん。ありがとう」

着地点に落ち着き、琴莉は笑顔で前を向いた。車はいつのまにか高速道路に入っている。

「小一時間ほどかかるけどお腹はまだいいか？　とりあえず俺のおすすめの蕎麦を琴莉に食べさせてから、そこを起点にして土を求めて流離(さすら)うことにする」

孝太郎のおすすめと聞いて琴莉は楽しみでたまらなくなり、助手席でひとりでに顔が笑ってしまった。

高速道路沿いの景色はだんだんと山が多くなり、市街地が遠くなっていく。紅葉が交じる山、すっかり収穫の終わった田んぼが続く風景を琴莉は熱心に眺めた。

「昔、みんなで尾瀬に行ったよね。景色が綺麗だったなぁ」

「琴莉がコケて木道から落ちかけたよな」

「私どこ行ってもコケてたね」

尾瀬では長いコースに挑戦したら琴莉の足では少しきつくて、最後はくたくたになってしまった。大人たちについていけずに遅れ気味だったが、孝太郎がずっと琴莉の後ろを歩いていたので自分が最後尾ではないことが救いだった。

孝太郎も疲れているのかと思っていたが、そんなはずがないのに、あの時なぜ気づかなかったのだろう。

「あの時……」

孝太郎は琴莉がはぐれないように後ろを歩いてくれていたに違いない。それでも孝太郎はそんな意図はおくびにも出さず、そのあとも不愛想なままだった。

「……何でもない」

琴莉はそれを確かめようとしてやめた。答えはわかっているのだから。孝太郎は認めないかもしれないし、もう覚えていないかもしれないが。

「いつかまた尾瀬に行きたいな」

行き先は尾瀬でなくてもどこでもいい。孝太郎と一緒なら——。

そう思ってしまった自分を琴莉は心の中で打ち消した。

孝太郎に寄りかかろうとしてはいけない。離婚の傷と孤独のせいで、家族のような間柄の孝太郎への親愛の情を特別な感情に変えてはいけない。

今ならまだ間に合う。だってこれは今度こそ孝太郎とちゃんと〝幼馴染〟になれるように、失ってしまった過去の時間を懐かしんで巻き戻そうとしているだけの感情だから。

「尾瀬か……そうだな。だけどあそこは土の採取はできないだろうな。特別保護地区だし」

琴莉の揺れに気づくことなく、土のことしか頭にないらしい孝太郎は隣でこんなことを言っている。琴莉は少し笑い、胸の痛みを意識から追い払った。

行楽シーズンだけに少々渋滞していて、目的地に着いたのはお昼を少し過ぎていた。

「腹減っただろ」

「もうぺこぺこ」

高速道路のインターを降りてしばらく走ると、観光客の喧騒から取り残されたような山中に小さな蕎麦屋が現れた。ひなびた雰囲気の小さな店は、中に入ると結構混んでいる。

「私、顔が腫れてるから恥ずかしいな……」

「俺は目が慣れてきたぞ」

「そう言われても嬉しくない」

孝太郎の言葉に笑っていると、どうせ見知らぬ人たちなのだからと開き直った気分になった。

季節的には温蕎麦が食べたいところだが、孝太郎のおすすめはざる蕎麦だというので琴莉は迷った末にそれに決めた。

運ばれてきた蕎麦には数種類の薬味と薄茶色のあられのようなものがたっぷりとかけられている。

「これ何だろう」

「蕎麦の実の素揚げだよ」

孝太郎に勧められるまま食べ始めた琴莉は最初のひと口で夢中になってしまった。

「美味しい！」

「そうだろ？」

こしのある蕎麦と味わい深いつゆ、さくさくの蕎麦の実は絶妙の組み合わせで、食べている間の琴莉はひたすら〝美味しい〟しか言っていなかった。そんな琴莉を見て孝太郎が笑っている。

「もう一杯食べたいぐらい」

さすがにそれはやめて山菜の天ぷらなどをつまむと、いい感じにお腹はいっぱいになった。

「ここって車がないと来るの無理だよね。免許取ろうかな」

大満足で店を出た琴莉はご機嫌で孝太郎に話しかけた。ところが、また連れてきてねなどと可愛いおねだりは似合わないと思って自助自立の精神で言ったのに、孝太郎には即答で反対された。

「絶対やめろ」

「なんで？」

「危ないから。自分の鈍さを考えろ」

「運動神経と車の運転は別じゃないの？」

「いや免許取ったって、ここまで来ようとか絶対そんな気起こすなよ。高速道路もあるし、さっきへアピンカーブの峠があっただろ」

「そうだけど……私の自由だと思う」

かなりどうでもいい議論だったが、言い返している間に意地になってきた。たしかに運動神経の鈍さは自覚しているが、離婚してこれからはひとりで生きていくのだから行きたいところには自力で行くのだ。

しかし、孝太郎の次のひと言で琴莉は一瞬言葉に詰まった。

「琴莉が食べたい時、いつでも俺が連れてきてやるから」

すぐに反応できなかったのは、嬉しいと思ってしまった自分に咄嗟にストップをかけようとしたからだ。

あまりに嬉しくて、そんな自分が怖かった。だって孝太郎もいつか誰かと結婚する。そうしたら、叶わない約束になるじゃない——。

「うん」

内心の動揺を吹き飛ばすように、琴莉は笑顔で孝太郎を見上げて頷いた。

再び車に乗り込んでからは孝太郎が予告していた通り気ままなドライブだった。少し走っては車を止め、川原や雑木林で土を採取する。採取といっても大仰なものではなく、蓋つきのプラスチック試験管に耳かきのような形状の専用チップでごりごりと土を入れるだけだ。

　琴莉は採取場所を記録するための番号シールを試験管に貼り付ける役割をもらった。まるで小学生のお手伝いのように簡単だ。

「この土をどうするの？」

　採取場所の画像をスマホで記録している孝太郎に琴莉が尋ねた。

「ここから菌を取り出してファージを感染させて培養するんだ」

「……ファージ？」

「バクテリオファージ。細菌に感染して複製するウイルスだよ。高校の生物基礎で習ったよな」

「う……うん、習った」

　聞いたことがあるようなないような、生物が苦手だった琴莉は苦しい返事をした。しかしここで見栄を張って話についていこうとしたのが間違いだった。

「どうやって菌にウイルスを感染させるの？」

「菌の細胞質にゲノムを注入して細菌内でファージを複製するんだ。ファージの研究で有名なのは全ゲノム解読に用いられた――」

「ちょっと待って」

琴莉は両手を上げて降参した。

「生物基礎の成績が三の私にはそれ以上無理」

「三だったら普通だろ」

「自慢じゃないけど十段階の三だよ。五段階じゃなくて」

「そりゃ逆にすごいな」

採取し終えた土の試験管をジップロックに収めていた孝太郎が噴き出した。

「だから孝太郎に家庭教師を頼むとか親が言い出したのよ」

「頼まれなくてよかった」

「文系科目はよかったんだけどなぁ」

笑いながらまた移動して土を採る。その繰り返しだ。それは雑木林だったり川原だったり田んぼだったり、特に法則はないという。

「いつもこうして遠くまで来るの？」

「土日は遠出するけど、普段はここまで来ないよ」

孝太郎がよく土日に車で出かけているのはきっと恋人と会っているのだと思っていたが土の採取もあったとわかり、琴莉は正直ほっとしてしまった。それで恋人がいないということにはならないのに。

でも、もし恋人がいなかったら……？

「何度か職質受けたことがあってさ」

「え、職質って……不審者とかの職務質問？」

「そう、それ」

孝太郎が苦笑した。

「たまに直感で、この土だ！って思う時があるんだけど、たまたま夜中だったんだよな。そのまま土を求めてうろついていたら、そりゃ不審だよな」

それを聞いて琴莉は声をあげて笑ってしまった。目の前の孝太郎も、モデル並みのルックスなど意に介さずおかしな土採取に励んでいる。彼はそのミスマッチぶりがわかっていないのだ。

「それ以降は市街地では控えてる」

「あはは」

ところが、孝太郎には気になる逸話もあった。

「付き合ってた子にも土のせいで振られたんだよ。たまに土を見てこれはいいファージが採れるって直感することがあるんだけど、たまたま彼女が大事なことを言ってた最中に俺が屈んで土を採り始めたらしくて、激怒されて」

琴莉は孝太郎が最初に発した〝付き合ってた子〟という言葉でなぜか動揺したが、孝太郎は気楽に喋っている。

「それで、あんたなんか世の中の女全員無理よって怒鳴られた」

孝太郎と一緒に笑いながら、自分ならそんなことで怒らないのになと琴莉は考えた。彼と恋人関係になれた女の子がいるという、当たり前のことなのに本人の口から聞くと生々しくて、なぜか胸の奥にチリっとした痛みが走る。

その日はさほど土の採取ばかりやっているわけでもなく、少し景色の綺麗なところがあれば車を降りて散策したり、甘味が欲しくなった頃合いで茶団子の店に寄ったりした。

もちろん土の採取もしたかったのかもしれないが、もしかすると孝太郎は琴莉の気晴らしになるよう外に誘い出してくれたのではないだろうか。

だからきっと、これっきり――。

琴莉は西日に染まる空を見上げた。楽しかった一日がもうすぐ終わる。どこに行ったのと友達に聞かれても特にどことも言えない、それでいてどんなに豪華な旅行より楽しかった一日が。

「帰り、足湯に寄るか？」

「うん！」

孝太郎を見上げて笑顔で頷いた琴莉の瞼はもうすっかり腫れが引いていた。

翌週、業務を終えた琴莉がゴミを捨てるためオフィスの廊下に出ると、隼人が声をかけてきた。

「帰るのか？」

「……うん」

以前は返事をしてもよそよそしい敬語だったが、琴莉は少しやわらかな態度で答えた。そのせいなのか、隼人はためらってから珍しく控えめな態度で琴莉を食事に誘ってきた。

「久しぶりに話したいし、どこか食べに行かないか」

「ええと……」

離婚から長い年月が経ったあとならともかく、散々話し合った離婚調停からまだ数か月では積もる話などない。

かといっていつまでも強硬な態度を続けることはいい結末を招くとは言えないので、

琴莉は微笑んでやんわりと断った。

「今日は早く帰らないといけないの。いつかまた」

「今は実家にいるのか?」

「……うん」

「そっか」

琴莉に断られたのに、隼人は少しほっとしたような表情を浮かべた。プライドが高い以前の隼人ならむっとするところなのだが、意外な反応だった。

「あのあと琴莉はずっとワンルームにいたから……。でも実家にいるんだな。よかった」

自分のせいで琴莉が住処を失う羽目になったことを隼人なりに申し訳なく感じていたのだろう。あまり誰かを頼ろうとしない琴莉の性格を、多少なりとも隼人が理解していたことは意外だった。

でも親に打ち明けて慰めてもらっているのではなく隣家に居候しているだけなのだが、それを隼人に説明する必要もない。

「もう大丈夫なので」

琴莉はにっこり笑って同僚として隼人に挨拶した。

「お先に失礼します」

退勤して駅に続く道を歩く琴莉の歩調は軽く、やや急ぎ気味だ。三日前から仙台(せんだい)に出張していた孝太郎が今夜帰ってくるので、彼より早く帰宅して待ち受けていたいからだった。

(お土産、あるかな)

孝太郎はたまに学会などで宿泊出張するが、そういう時はお土産を買ってきてくれることが多い。

(夕飯はふたり分にしておこう)

彼が何も食べずに帰宅した時のためだ。いらなければ翌日の朝食にすればいい。

土採取のドライブ時に食事についてはお互いに気を遣わない範囲で協力し合うと決めたので、こんなふうに緩い共同生活のペースが出来上がりつつあった。

駅に連結するショッピングモールを通り抜けようとしていた足がふと止まる。気の早いクリスマスデコレーションが施されたジュエリーショップのショーウインドウには、美しい小箱に大切に収められた眩いジュエリーが飾られていた。

琴莉の二十六歳の誕生日に隼人がダイヤモンドの指輪を贈ってくれた時のことが脳

裏に蘇る。あれから三年も経たないのに、琴莉は指輪を残して家を出ることになってしまった。

結婚を決めた当時の琴莉は世間や親が理想とする人生のミッションを順当に歩むことが最善だと思っていた。隼人が求めてくれるなら、それに相応しい女性になれるよう懸命に努力することが自身の成長になるのだと。

だから隼人と自分が本質的に噛み合っていないことに気づきながらも、それは自分の努力の範囲だと思っていた。

しかし、素の自分を出せていない関係には限界があった。

休日の過ごし方も、服装の好み、食べ物の好みまで違っていたのに、琴莉は一生懸命に隼人に合わせようとしていた。

隼人の前では彼が望むように綺麗でいようとずっと気を張っていたし、できることならそうなりたいと願っていたが、果たしてそれは琴莉にとって幸せなことだったのだろうか。

結婚生活では不一致をどんなに取り繕ってもまがい物であることは徐々に浮き出てしまう。もっとお互いに歩み寄ることもできたかもしれないが、そもそも結婚を選ぶべきではなかったのかもしれない。

しばらくジュエリーショップのウインドウを眺めていた琴莉は駅に向かってまた歩き始めた。

これまで琴莉の心は隼人に対する拒絶感で塗り潰されていたが、離婚して数か月が経った今、心にかかっていた黒い靄が晴れていくように、自分たちの失敗の本質を冷静に考えられるようになった。

その変化のきっかけになったのは、孝太郎の肩を借りて泣いたあの夜だった。

琴莉が泣きながら明かした離婚の経緯を聞き、孝太郎は何度も『頑張ったな』と言って琴莉の頭を撫でた。

離婚を決めたことも、それを誰にも相談せずひとりでやりきってしまったことも、それ以前に結婚が失敗に終わったことも、すべてを肯定した彼の言葉で琴莉は重い荷物を下ろしたように楽になった。

これまでずっと琴莉は心の奥深くで結婚の破綻の原因は女としての魅力がなかったせい、妻として至らなかったせいではないかと自分を責めていた。

しかし今、隼人を恨みながら自分を責める状態からようやく抜け出し、バランスを取り戻した琴莉は起きてしまったことを自分の人生の一部として受け入れ、顔を上げて前を向こうとしていた。

思い返せば、最初に孝太郎に踏み込まれて再会早々に離婚を白状する羽目になった時、孝太郎は『そうか』と言っただけだった。

琴莉にとって、あの時あれほどありがたい反応はなかった。大仰に驚いたり詳細を尋ねたりすることなく、ごくありふれたことのように流した孝太郎の態度は素っ気なく薄情に見えるが、紳士的な配慮がそこにあったのだと今はわかる。

傷ついてひりひりと擦り剝けた心にはどんな言葉も刃になることを孝太郎は知っているのだ。

無骨な彼の揺るぎない人間性に琴莉は救われるのと同時に、ずっとこのまま孝太郎の傍にいたいと願ってしまう自分の心を抑えることが難しくなっていた。

(幼馴染、だよ)

電車に揺られながら自分に言い聞かせる。それでも琴莉の心はいつのまにか今夜彼に作ってあげる献立を考えてしまう。

(何時ぐらいになるのかな)

仙台ならばそう遠くない。孝太郎が帰ってくるまでにスーパーに行って野菜など買っておきたい。

帰宅ラッシュの時間帯なので郊外の駅でも利用客は結構多い。ホームから二階の改札に向かう人の波はエスカレーターへと吸い上げられていく。

停滞する列に並んでいた琴莉は、ふと前方を見て息を止めた。そこには三日前に出張に発った時のスーツ姿の孝太郎がいたのだ。背の高い彼はひときわ目立っていた。

しかし、孝太郎はひとりではなかった。隣には二谷美佐子がいたのだ。

ふたりは言葉を交わしながらエスカレーターに乗り、階上へと上がっていく。先に立つ孝太郎が話しながら背後の美佐子を振り返った時、琴莉は咄嗟に俯いて顔を隠してしまった。

でも、そんなことをしなくても孝太郎は琴莉に気づかなかっただろう。琴莉の目には、孝太郎がとても熱心に美佐子と喋っているように見えた。

このまま改札に向かえば帰り道で彼らと一緒になってしまう。琴莉はエスカレーターの列から離れ、ホームのベンチに腰を下ろした。

夕闇が垂れ込める駅前の街明かりをしばらく眺める。誰もいなくなったホームに吹く秋の夜風の冷たさが身体に沁みたが、もう少しだけ、と自分に言い聞かせてベンチに座り続けた。

たまたま電車で一緒になったのか、それとも出張も一緒だったのか。美佐子の勤務先も近況も知らない琴莉には皆目わからなかったが、琴莉には関係のない孝太郎のプライバシーだ。

昔、こうして美佐子と一緒にいる孝太郎をたまに見かけた頃のことを思い出す。あの頃のふたりは秀才のシンボルである進学校の制服姿で、ふたりのルックスも相まって周囲から浮き出て見えるほど眩しかった。今もそれは変わらない。

（そっか……そうだよね）

孝太郎が琴莉に優しいのは幼馴染だから。琴莉が今、人生のトンネルにいるから。あまりに彼が飄々として意外な面をたくさん見せてくれるからすっかり身近な存在になってしまって、欲張ってもいいと勘違いするところだった。

「私のばーか」

自分を叱咤する。

寂しい女が陥る典型的なパターンだ。誰にも寄りかからないって、いつもそう決めてきたじゃないの。

十分に頭を冷やしてから、琴莉は元気に立ち上がった。何も見なかったことにして家に帰ろう。いつも通り——そう、いつか同居生活を終える日まで、いつも通りに過ごすのだ。

「留美ちゃん、今週土曜のオープンキャンパスの準備できてる？」

営業部の予定表をチェックしていた琴莉は留美が早々に退勤しようとしているのを見て声をかけた。

都内の私立大学はオープンキャンパスや入学説明会で大学名の入ったボールペンや手提げなどオリジナル品を配ることが多いが、琴莉の会社もそうしたオーダー品を取り扱っている。

今週末にオープンキャンパスを予定している大学を留美が担当しているが、ミスが多い留美の仕事はチェックしておかないと、こうした学校関係のイベントで発注ミスがあると取り返しがつかない。責任重大なのだ。

「ばっちりですよー」

帰り支度をしていた留美は軽い調子で応じ、デスクの脇の段ボール箱からサンプル品を取り出して見せた。大学のシンボルカラーの不織布製バッグにオリジナルのクリアファイルとボールペンが入っている。

「すごくいいね」

今年リニューアルしたデザインはなかなかおしゃれで、琴莉もそれを見て思わず微笑んだ。大学の宣伝に寄与できることも嬉しいし、夢に溢れた学生たちがこれを手にすることを思うとこちらまで希望をもらえた気分になる。

しかし、自信たっぷりに太鼓判を押した留美の態度と、おしゃれなデザインに気を取られて留美の仕事を厳重にチェックしなかったことを琴莉は後悔する羽目になる。

オープンキャンパス当日の土曜日、担当ではない琴莉は岩舘家のリビングでのんびりと休日の朝食を楽しんでいた。そこにオープンキャンパスの会場にいる留美から電話が入ったのだ。

休日に留美から連絡が入ることはまずないので、電話に出る前から何らかのトラブルであることは予想がついた。

『藤崎先輩、大変です！　助けてください』

通話ボタンを押した瞬間に留美の甲高い声がスマホから響いた。あまりに大声だったのとスマホのスピーカー音量を大きくしていたせいで、同じく朝食でテーブルについていた孝太郎もぎょっとして顔を上げた。

「何、どうしたの？」

留美のただならぬ慌てぶりに琴莉は音量を調節する余裕もなくスマホにしがみつくようにして答えた。

『他校のグッズが間違って届いてるんです』

「ええっ？」

　琴莉も顔から血の気が引いた。

「発送したのは留美ちゃんよね。中身見なかったの？」

『だって同日開催の大学が三つもあったんです』

　だから中身を見ていれば間違いは起きなかったのにと言いたいが、いずれにしても今さら言っても仕方がないことだ。

「どの大学にどの荷物が届いてるか、すぐに須永さんに調べてもらって、営業車で回してもらうしか」

　須永さんというのは隼人のことだ。元妻としてその名前を口にしたくない琴莉は隼人を苗字で呼んだが、留美はお構いなしだった。

『それが、隼人は今日ライブがあるって大阪に行ってるんですよお』

　隼人という名前に反応したらしく、視界の端で孝太郎の目がぎらりと鋭くなったのがわかった。

「もう大阪に行っちゃってるの？　止められないの？」

『今朝早くに行きましたぁ』

　琴莉に未練を見せながら留美と同棲状態らしい隼人に呆れるが、それはもういい。

拘束力はないものの、基本的に大事なイベントがある時は休日であっても連絡がつくようにしておくのが営業の心構えだ。タイミングが悪すぎて頭を抱えたくなったが、隼人ばかりを責められない。原因は留美の発送ミスなのだから。

「他の人とは連絡ついた？」

『それが、みんな電話に出てくれないんです』

たしかに休日に電話がかかってくればトラブルだと察しがつくので誰も電話に出たくないだろう。ましてやミスが多い留美からの電話ならなおさらだ。

「わかった。とりあえずいったん電話切るね。私もそっちに行くけど、荷物の在処を調べて営業車を回せる人当たってみないと」

琴莉が電話を切ってすぐに出勤の身支度をしようとしたが、孝太郎が険しい顔で言った。

「待てよ。留美とか隼人とか、例の奴らじゃないのか？」

「……うん。小さな会社だからどうしても関わりがあって」

孝太郎は琴莉が離婚について打ち明けた時、涙ながらの要領を得ない説明にほんの数回出てきただけの彼らの名前をはっきり記憶していたらしい。

「そいつらのミスだろ。見殺しにしろよ。自滅して会社から去ればいい」

「そうなんだけど、大学のオープンキャンパスで配るグッズの納品ミスなの。このまま
だと大学に迷惑がかかるの」
　本来届けられるべき品はどこに行ってしまったのか。一刻も早く状況を把握して、
配布時間までに届けなければ――。
　気が気でなかった琴莉は孝太郎を振り切るようにして大急ぎで身支度して家を飛び
出した。時間がないこともあるが、謝罪も想定してメイクはベースと眉だけ、相手に
失礼のない最低限度だ。
「待て、駅まで送る」
　ほとんど喧嘩のようなやり取りのまま飛び出そうとしたのに、玄関を出たところで
車のキーを持った孝太郎が琴莉を追ってきた。
「急ぐんだろ。休日ダイヤで電車が少ないから、十分後のやつを逃すと乗継が悪い」
「ありがとう」
　琴莉が身支度をしている間に孝太郎はダイヤを検索してくれたらしい。やっぱり孝
太郎には敵わないのだ。
　電車に乗り遅れたら大学まで行ってやるとまで言われたが、幸い電車には間に合っ

た。しかしほっとしている場合ではない。

　デッキに出て上司に電話で状況を説明し、どこに間違って届けられたのか、どう回送すべきかを調べてもらう。琴莉はとりあえず留美がいる大学に向かうことになった。

「藤崎先輩！　お家が遠いのにごめんなさーい」

　大学の事務棟に着くと、留美が琴莉を見つけて駆け寄ってきた。さすがに慌てては いるものの、留美はいつも通り完璧なメイクと露出度の高い休日ファッションだ。

元々彼女は綺麗でスタイル抜群なのでそれはいいとしても、大学のキャンパスで、しかも謝罪する状況には適さない服装だった。

「細かいことだけどその服装では謝罪しても誠意が伝わらないと思う。謝罪するのは私がやるね」

「え、でもそんな作業服みたいなの持ってないし」

　配布する品は不織布トートにボールペンなどの文具を入れたものだが、最初からセットされた状態で納品されるわけではない。

　セットの作業を大学に代わって琴莉たちがやることも想定されたので、琴莉は運搬や作業もあることを考えてブラウスにパンツというシンプルな服装で駆け付けたのだが、留美はそれを〝作業服みたいなの〟と呼んだ。さすがの琴莉も内心脱力しそうになったが、そこに上司から連絡が入った。

不幸中の幸いで、荷物の入れ替わりは複雑なものではなく、琴莉たちがいる大学向けの荷物は発送されずに会社の倉庫にそのまま残っているらしい。

そして間違って届いた荷物は別の大学のものだが、午後開催のため今から回送すれば間に合うという。

「倉庫にあるって」

「えーそうなんですか。よかったー」

留美の緩さに疲れ倍増の気分だったが、さすがに今回のミスは上司も叱責だけでなく配置換えも考えてくれるだろうし、琴莉はもういちいち腹を立てたりして感情を無駄に使わないことにした。

結局、上司も出勤して営業車で配品し直したが、時間が押していたので大学側へのお詫びを兼ねて琴莉たちが不織布トートに文具を入れる作業を請け負うことになった。

空いている教室を借り、トートバッグにせっせと文具を入れ続ける。不織布に手肌の水分が奪われてかさつくし、単純作業を続けるのは楽なようで実は結構きつい。

「休憩しません？　もう疲れちゃった」

留美は作業が遅いし文句ばかり言っている。元は留美のせいでこんな状況になっているのに、神経の太さが羨ましいほどだ。

「でも時間がないよ」

かなりのマンモス大学なので、見学者も多い。できたものから段ボールに入れて事務室に渡す自転車操業だ。

琴莉の傍らでスマホが振動した。上司からの連絡かと思ったが、孝太郎からのメッセージだった。

〝終わったか？〟

何とか解決したことを琴莉が知らせておいたので、その返事らしい。

〝まだ作業中。あと一時間ぐらいかかりそう。夕方帰るね〟

この大学は自宅からだと電車の乗り継ぎが多い場所にあるので帰るのに二時間ぐらいかかる。結局、一日潰れることになってしまいそうだ。

〝構わず出かけてね〟

孝太郎に追加でメッセージを送る。

(そう、美佐子さんと会ったりとかするのかもしれないし)

先週美佐子と孝太郎が一緒にいるのを見かけてから、琴莉は孝太郎に対しておかしな勘違いをしないようこうして自分に言い聞かせている。

「誰とですかぁ？　彼氏さんとか。そんなわけないか」

琴莉が時折スマホでメッセージを打っているのを見て、留美がにやにやしながら話しかけてきた。

冗談でも〝彼氏さん〟などいるわけがないと琴莉に言い放つ神経もすごい。

離婚したばかりで傷心だからという理由なのか、バツイチの琴莉にそう簡単に相手ができるはずがないという意味なのか知らないが、どちらにしても失礼だ。

しかし留美があまりにあけすけなので、もはや琴莉は腹も立たなくなり、珍獣でも眺める気分だった。

作業しながらふと思う。隼人に対してもそうだったように、琴莉の中で彼らを恨む気持ちが不思議と消えて、距離を持って冷静に眺められるようになったこと。

それを噛みしめつつ手を動かしているうちに、気づけば一時間ほどが過ぎていた。

ようやく作業に終わりが見えてきたところで、琴莉に意外な救世主が現れた。

「こちらの教室です」

「ありがとうございます。お手数をおかけしました」

廊下から聞こえた聞き覚えのあるその声音にはっとした時、琴莉たちのいる教室のドアが開いた。戸口に立つ人物を見て、琴莉は目を丸くした。

「迎えに来た」

「……孝太郎」

休日なのでさすがにスーツではないが、駅まで送ってくれた時の寝起きのスウェットではなく、土採取の時のスポーツ用のジャージでもなく、綺麗でさっぱりとした大人カジュアルだ。

自宅でのスウェットに見慣れているせいか、それとも単純作業と留美との会話に疲れていたせいか、琴莉は孝太郎にしばし見とれてしまった。

普通の服を無造作に着こなしているだけなのだが、孝太郎のルックスのポテンシャルの高さがそう見せるのだろう。

「琴莉、帰ろう」

孝太郎は留美を冷ややかに一瞥したが何も言わず、琴莉に短く言った。

「もう終わるところ。車で来てくれたの？」

「うん。電車の連絡悪いだろ」

するとここで留美がしずしずと立ち上がった。

「藤崎先輩のお友達ですか？　私、野村留美と申します」

声も顔つきも琴莉といる時とはがらりと変わり、留美が孝太郎に目の色を変えていることがはっきりとわかる。

（すごい……）

さきほどまでのおバカキャラは霧散し、しっとりとした色気のある美女に変身している。魔性の女は相手に合わせて変幻自在なのだ。

しかし、孝太郎は留美が不倫相手宅で行為しながら放った下品な台詞を知っている。

〝このシチュ、燃えるぅ〟

卑しすぎて誰にも言えなかったあれを孝太郎にぶちまけてしまった翌朝は後悔したが、やはり言っておいてよかったと琴莉は思い直した。

孝太郎は無表情に会釈しただけで名乗りもしなかったが、魔性の女たるものはむしろそんな男の方が燃えるらしい。

留美が前にそう言っていたなと琴莉が思い出したのは、このあとまもなく作業を終えて片付けに入った時だった。

開封と封入作業で出たゴミを片付け、セットし終えたものを箱に詰めて事務室に運んでいた際、手伝ってくれていた孝太郎とふたりきりになるチャンスを留美は狙っていたのだ。

琴莉が教室から廊下に出ようとした時、ドアの向こうから留美の声が聞こえた。

「あっ……ごめんなさい……」

吐息のように色気のある声音はいつかの夜もドア越しに聞いた。

「ちょっと気分が……今日はずっと休めなくて」

本当に気分が悪いのかもしれないし、琴莉は廊下に出るべきかどうか迷った。もし本当なら就業中なので医療機関に連れていくなり手当するのは会社の責務だ。

ところが、ここで孝太郎の冷ややかな声が聞こえた。

「離れてもらえますか」

この言葉で留美が孝太郎にしなだれかかっているらしいとわかる。

「あ……力が入らなくて」

しかし留美も負けてはいない。密着してしまえば男など簡単にものにできるのだろう。でも孝太郎が留美に陥落するところを見るぐらいなら、美佐子が相手の方がまだましだ。

琴莉がそんなことを考えた時、孝太郎の苛ついた声が響いた。

「生物学的にほんと無理なんですけど」

留美には悪いが、また出た〝生物学的〟に琴莉は噴き出しそうになった。孝太郎的には揺るぎない理論なのだろうが。

「本当に立てないなら人を呼びますよ。僕は琴莉を連れて帰りたいだけなのですみませんけど」

それ以上聞くのも申し訳ないので、琴莉はドアから離れて室内の片付けにせっせと勤しんだ。

「終わったか？　帰ろう」

ドアから孝太郎が顔を出して素っ気なく尋ねてくる。いつも通りの孝太郎だが、続いて部屋に入ってきた留美は明らかに腹を立てていた。


「あの……ありがとう」

大学近くの駐車場から車道に車が滑り出すと、琴莉は孝太郎におずおずとお礼を言った。

「すごく遠いのに」

「いいや。俺の気が収まらなかったから来ただけだよ」

孝太郎の横顔は怒っている。琴莉が留美のミスをカバーしたことに対してだろうが、それが仕事なら仕方のないことだというのも彼はわかっているのだろう。

「お疲れだったたな。何か食べて帰るか」

「うん」

琴莉は頷いてから、もう一度お礼を言った。

「ありがとう」

駅まで送ってくれたことも、遠いところまで迎えに来てくれたことも、あとこれは孝太郎には言えないが琴莉の仇を討ってくれたことも。

「いや暇だからな」

暇なんて嘘だ。孝太郎が国際学会での論文発表を控えていていよいよ準備が大詰めなのは知っている。会社で大きなプロジェクトに携わっていて忙殺されているのも知っている。琴莉が優しすぎると孝太郎は責めるが、孝太郎だって琴莉のようなただの居候に十分優しい。

ところが、このあとまさにその琴莉の優柔さをきっかけにして喧嘩に発展してしまった。発端となったのは、ぽつりぽつりと振り出した雨が一気に本降りになったのを見た琴莉の言葉だ。

「ひどい雨……留美ちゃん大丈夫かな」

季節外れのゲリラ豪雨のような雨に、琴莉は思わず呟いた。大学から駅まではかなりの道のりがあるし、傘なしではずぶ濡れになっているはずだ。しかしそれを聞いた孝太郎の怒りがここで決壊した。

「あのなあ。あんな女に情けをかけるな。雨に濡れたくらいが何なんだ」

「そ……そうだけど」

土採取のドライブの時は〝優しいことは美徳であって欠点じゃない〟と言ってくれたのに、孝太郎はやはり琴莉の愚図ぶりが頭にきていたらしい。

「ああいう奴に情けは無用だ。だから舐められるんだ。それがあいつらを増長させてるのがわからないのか」

孝太郎の言う通りだと琴莉もわかっている。琴莉が相手でなければ、隼人はあそこまで踏み外さなかっただろうし、離婚後も中途半端な未練をちらつかせてきたりしなかっただろう。

「今日だって放置でよかったんだ。人を大事にしなければ背を向けられるものだと思い知らせてやればいい。あいつらを自滅させるように追い込めよ」

「だけどこういう失態で、営業が頑張って獲得した案件を失うことになるよ」

「営業って隼人とかいう奴だろ。契約を失うぐらいが何だ？　琴莉が負った傷はレベルが違うんだぞ」

「それとこれとは別なの」

ついこの間あれだけ孝太郎の前で泣いたのに変わり身が早すぎるのかもしれない。しかし琴莉にとっては隼人も留美ももうただの同僚であって、それ以上でもそれ以下でもなくなっていた。

「じゃあ誰が相手でもいい。相手に非があれば拒絶しろ。もっとわがままになれよ。それで琴莉を嫌う奴は琴莉に必要ない人間ってことだろ」

孝太郎の言う通りだ。結局、琴莉が今まで友人付き合いで苦労してきたのは、どんなに踏みつけられても突き放せないから。それは嫌われる自信がない弱さゆえなのだ。

「でも、今日は高校生も楽しみにしてるイベントなの。どこの大学に行って誰と出会うかで、人生変わることだってある」

琴莉自身も高校生の時に何校かのオープンキャンパスに行ったが、そこで配られたグッズを手に夢を描いたものだった。受験勉強の傍らにはそれらがあった。

「たかが景品かもしれないけど、私にとっては隼人も留美ちゃんも関係なく大事なことなの」

孝太郎は男性だけあって腹を立てると迫力がある。

離婚の打ち明け話などで隼人たちに腹を立てたことはあっても、まともに怒って口論する姿を見るのは初めてだ。しかもそれが自分に向けられているのだから、元々怒ることが苦手な琴莉などほぼ無力だった。

泣きそうになるのを堪え、震える手で服を握りしめる。

ところがそれを見たのか、それとも琴莉の必死の主張が効いたのか、孝太郎の怒りはすぐに腰砕けになった。

「ごめん……俺が悪かった。ごめん」

「違うよ。本当は孝太郎の言う通りなの。高校生がどうとか言ったけど、本当は毅然とできない自分、わかってる」

綺麗ごとを言い訳にしてごまかしただけで、この言い合いの本質はそこではない。琴莉だって本当はわかっている。

「違うんだ、俺が部外者のくせに言いすぎたんだ、仕事と私事は別、その通りだ」

雨脚は少し弱まっていたが、地道の混雑を避けるため高速道に乗ったので、車の窓を叩く雨粒の勢いは激しい。ちょっとも気を抜けない運転中でも孝太郎は必死に謝ってくる。

「ごめん琴莉、泣かないでくれ」

「泣いてない」

本当は泣いている。孝太郎に怒られたことがショックだったが、泣いているのはそのせいではない。

世界中の誰に嫌われるより、孝太郎に嫌われることが一番辛い。きっともう息もできないぐらいに。そのことに気づいてしまったから。

洪水のような路面と降雨のドライブで、孝太郎が助手席の方を見ることができないから、それに紛れて泣いている。

「今ハンドルから手を離すと俺たち死ぬからティッシュを出してやれないんだ」

「ティッシュあるから自分で拭けるよ」

「ほらやっぱり泣いてるんじゃないか」

結局、ふたりの言い合いは兄妹のじゃれ合いのようになった。孝太郎にとって琴莉は妹ポジションでしかないのかもしれない。それでよかったはずなのに――。

孝太郎の声を聞きながら流す涙は温かくて、苦くてしょっぱい味がした。

第五章　夢うつつの告白

翌朝は前日の雨が嘘のような快晴だった。

「いい庭だよね。実は自分ちの庭より好き」

ダイニングテーブルで朝食後のカフェラテを楽しみながら琴莉はカーテン越しの庭を眺めた。

岩舘家の庭は晩秋の陽光を浴びて穏やかな風情を見せている。昨日はこの辺りも豪雨だったようで、黄色に染まった沙羅の木の葉がかなり落ちていた。枝ぶりのよい岩舘家の沙羅の木は葉が落ちた姿もまた美しく、子供の頃から琴莉はその木が好きだった。

「この庭の管理に俺がどれだけ動員されてきたか知らないだろ」

テーブルの向かいでパソコンを打ちながら孝太郎が言う。

「うちの親、庭付きの家を買っておいて庭木の剪定は全部息子に投げるんだ」

「え、そうなの？　隣に住んでたのに気づかなかった」

「綺麗に見えて、実はかなりの毛虫がいる」

「言わないで」

孝太郎は朝食を終えてすぐに仕事を始めている。来月に海外で開催される国際学会の論文発表を控えていることもあるし、会社で担当しているプロジェクトのキックオフは来週だ。以前は夜中に執筆していたが、最近は大詰めなのか、こうして朝からパソコンに向かっていることも多い。

たまに海外の研究者と電話でやり取りしていて、そんな時琴莉は彼の流暢な英語にこっそり聞き惚れている。

でも孝太郎が口にする内容はやはり風変りだ。

「虫といえば、大学で隣の研究室が芋虫を集めてて結構面白そうだった」

「う……」

琴莉が身震いするのを見て孝太郎が笑う。

「ゲノム解析とか議論しながら、手元はピンセット持って山で採ってきた枝からせっせと芋虫を集めててね。普通にシュールだろ。でも大真面目なんだ」

想像した琴莉も孝太郎と一緒に笑った。孝太郎の話には研究者たちへの尊敬と親愛が溢れていて、琴莉は彼がこういう話をするのを聞くのが好きだった。

「それも遺伝分野だよ。いろんな研究があるんだ」

きりのいいところまで書けたらしく孝太郎はパソコンを閉じ、伸びをして立ち上がった。

「年末に親が帰ってきたら、また庭木の剪定頼まれそうだな」

そう言いながら孝太郎は窓辺に立ちカーテンを開けて庭を眺めた。

（年末……そうだよね）

孝太郎が何気なく口にした年末という言葉に琴莉は考え込んだ。

琴莉の両親は田舎暮らしを謳歌していて、地域の人たちと一緒に年越しすることを楽しんでいる。

しかし岩舘家の両親は帰ってくるかもしれないし、そうでなくても孝太郎にかくまってもらうような形の同居はあくまでも仮のものだ。そろそろ両親に明かして人生をリスタートさせなければならない。

（年末までにここを出よう）

孝太郎がわざわざ二階の部屋を片付けて琴莉の居室を作ってくれてからまだそれほど日が経っていない。それを思うと後ろ髪を引かれる思いがした。面倒見がいい孝太郎はきっと引き止めてくれるだろうし、琴莉だって本当はずっとここにいたい。

でも、出ていかなければいけないと思うのは琴莉の中で離婚を過去のものとして整理できたことだけでなく、孝太郎に向ける感情の変化に気づいてしまったからだった。

目を逸らし、否定して冷まそうとしても、日々孝太郎と一緒にいる時間は琴莉の努力など一瞬で消してしまう。それどころかもっと強く、もっと色鮮やかにはっきりと形を表して、目を逸らしても否定しきれなくなっていく。

幼馴染でもなく妹でもない存在を望んでしまう心を、琴莉はもうぎりぎりのところでやっと否定している状態だった。

一度認めてしまえば坂を転がり落ちるように後戻りはできなくなる。そうなれば幼馴染や妹としての居場所すら失ってしまう。

だからこの幸せな時間を永久保存するために、この心がこれ以上膨らんで幼馴染でいられなくなる前に琴莉はここを去らなければならなかった。

孝太郎とのこんな穏やかな休日の幸せもあと少し――。

ところが琴莉がそんな思いを込めて孝太郎の背中を見つめていると、庭を眺めていた孝太郎が怪訝そうに言った。

「琴莉の家の前にずっと車が停まってる」

「え……空き巣の下見かな」

「いや、車から男が出てきてインターホン鳴らしてるみたいだぞ」

「誰だろ」

琴莉も立ち上がって窓辺に行き、孝太郎の隣からそっと外を覗いた。

「……えっ」

その車を見た瞬間、琴莉は思わず小さく声を漏らして咄嗟に窓から一歩下がってしまった。動悸が速くなり、たまらなく嫌な予感がする。それはあまりに見慣れた、隼人の車だったのだ。

（どうして実家にまで来たの……？）

ほんの二日前の金曜日を思い返しても、お互い軽く挨拶した程度だ。思い当たる節は何もない。

「どうした？」

琴莉の異変に気づいた孝太郎が問いかける。

「あいつ誰だ？」

そう尋ねる孝太郎の背後の窓ガラスの向こうでは、藤崎家の庭先から車に戻ってきた隼人が家を見上げている。それを見た琴莉は思わずさらに後退りしてしまった。

状況を察した孝太郎の表情は一気に険しくなった。

「あの男が須永隼人か？」

「……そう」

少し前に会話した時、実家に帰っていると言ってしまったから。でもあれからしばらく経っているのに、なぜ今日になって突然押しかけてきたのだろう？　スマホは着信拒否にしたままなので連絡が取れないにしても、休日に実家まで来るほどの緊急の用事などないはずだ。

「とりあえず用件聞いて、帰ってくれるよう話してくる」

琴莉は無理に笑顔を作って孝太郎を見上げた。ただでさえ孝太郎は忙しい時期なのだから、こんなことでこれ以上煩わせてはいけない。

「大丈夫なのか？　俺が代わりに出ていいなら――」

「いいよ、自分で話してくる。隼人とはいつも会社で普通に顔を合わせてるし、大した用事じゃないと思うよ」

琴莉は孝太郎の申し出を遮ってにっこり笑ってみせた。

「大丈夫だから、孝太郎はお仕事しててね」

もう隼人に何を言われても傷つかない自信がある。ひとりで対処すべきなのだ。

「もしかして昨日のお詫びとかかな」

気休めにそんなことを言って、琴莉は急いで玄関に向かった。

顔はメイクもしていないし、通勤時とはまったく違う緩い休日の服装だ。隼人と結婚していた頃は顔をしかめられた格好だが、今はどうでもよかった。

岩舘家の玄関を出てみると、隼人はまだ車の横に立って藤崎家を睨むようにして見上げていた。琴莉は硬い声で隼人を呼んだ。

「そこで何してるの？」

隼人は琴莉の声に振り向いたが、琴莉が自宅ではなく隣家から出てきたことに驚いた様子だった。

「琴莉、なんで隣から……」

「どうしてこんなところまで来たの？　離婚の時にちゃんと話し合ったじゃない。お互いに関わらないって」

少々きつく言いすぎたかと思ったが、隼人がいきり立って返してきた言葉に琴莉は唖然とした。

「どうしてって？　早速男を作ったらしいな。留美から聞いたぞ」

そういえば昨日孝太郎が留美と顔を合わせている。隼人はライブで大阪に行っていたはずだが、こうして翌日の朝っぱらから押しかけてきたところを見るとよほど腹が立ったらしい。

しかしなぜ隼人に口出しされなければならないのか。誤解ではあるが、琴莉はそれを解こうという気も起きなかった。

「俺のこと散々責めたくせに、あれは演技か？」

隼人は琴莉が自分に未練を抱いていると思っていたのだろう。離婚するほど浮気にショックを受けたぐらいだから、それだけ隼人のことを愛していたのだと。しかしそのはずが、琴莉に男がいると留美から聞かされて逆上しているのだ。

「離婚前からじゃないのか？　だから慰謝料も要求しなかったんだろ」

「ちょっと待って」

取り合うまいと思ったが、さすがに琴莉も頭にきてしまった。

「自分がやったことを棚上げして、恥ずかしげもなくよく言えるね」

「どうせろくでもない男だろ。留美に張り合って出張ホストでも頼んだのか？　そんな男やめろよ」

道路の片側は大きな駐車場で、琴莉の家は角地なのであまり人の耳はない。だとしても路上でこんな侮辱はあまりにひどい。

「私の中で離婚のことは完全に過去にできてるの。もう関わらないっていう協定を守って」

その時、琴莉の背後で岩舘家の玄関ドアが開いた。振り向くと、孝太郎がこちらにやってくるところだった。一見落ち着いた表情ではあるが、彼がかなり怒っている気配は一緒に暮らしている琴莉ならわかる。

いったいどうするつもりなのかと固唾をのんでいると、驚いたことに孝太郎は琴莉の隣に立つとごく自然な仕草で琴莉の腰を抱いた。それを見た隼人が動揺している。琴莉もまた腰に回された孝太郎の腕の感触に胸が跳ね、頬に熱が集まった。隼人の視線が目ざとくそれを捉え、ぎらついた怒りを見せた。

休日の朝に素顔で隣家から出てきたのだから、隼人からすれば隣家で〝夜を過ごした〟と誤解する状況だ。孝太郎もそのつもりでやっているのだろう。

「実家に帰ったって、おかしいと思ってたんだ。親は今いないはずだろ。手近なところで呆れるよ」

隼人が狼狽えているのは琴莉の〝男〟が予想を裏切るレベルだったからだろう。

「隣ならいつでも呼べてお手軽だからな。それだけだろ」

綺麗な顔を嫉妬に歪めて隼人が鼻で笑った。

「琴莉、俺は心配して言ってるんだ」

琴莉が答えるより先に孝太郎が口を開いた。

構図だ。

「僕は真剣に付き合っていますが」

「……へえ」

上からな言葉とは裏腹に隼人の方が未練たらたらなのは明らかで、恥をかかされた構図だ。

「お古で残念だったな。まあ琴莉はもうハジメテでもな――」

下品な言い草に琴莉は眩暈を覚えたが、そこで腰を抱く孝太郎の手に力が入った。

隼人の言葉が途切れたのは、孝太郎がわずかに片足を踏み出したからだろう。知的で端正な顔立ちで決して格闘系には見えないが、孝太郎の発する迫力に琴莉も息をのんだ。

「口を慎め」

そう言うと、孝太郎は向きを変え琴莉の手をしっかり握って岩舘家に向かって歩き出した。琴莉もつられてついていく。孝太郎に握られた手が熱い。

「今度琴莉に関わったら警察沙汰だ」

警察という言葉が効いたのか、琴莉たちが家に入ったあとすぐに隼人の車は走り去っていった。

隼人は今後もう琴莉に関わってこないだろう。彼にとって琴莉は支配できる相手ではなくなったからだ。琴莉に隼人への未練がないだけでなく、隼人を惜しがる必要もないことをはっきりと見せつけた形だ。

　ここまでもつれたことは残念だが、隼人が琴莉を本当に求めていたとは思えないので、彼に申し訳ないという感情は琴莉の中にもう残っていなかった。

　家に入ると、孝太郎は琴莉の手を離してソファに腰を下ろした。ほんの数分の出来事だったとはいえ、決して後味のよいものではない。

　琴莉はこんな場面に孝太郎を関わらせてしまったことが申し訳なくて、隣に座る勇気もなく傍らに立って孝太郎を見つめた。

「……ありがとう」

　琴莉は抑えた声ながら精一杯の感謝を込めて言った。

　孝太郎が隼人に発した言葉は少なかったが威力があった。

　琴莉も今回は応戦したものの、あのままだったら隼人はもっとどぎつい言葉を吐いていただろうし、何より孝太郎が〝新しい男〟という隼人には致命的な存在を演じてくれたことが大きかった。

　しかし、孝太郎の表情はどこか重い。

「琴莉は……」

いつもはっきりと物を言う孝太郎には珍しく、彼はいったん口をつぐんだ。

息を止めて続きを待つ琴莉の動悸が緊張で速くなる。秋の陽光が差し込む室内は明るいのに、ふたりの間に落ちる空気は影がさしたように暗い。その対比が痛かった。

立っている琴莉を孝太郎が見上げてまっすぐに問いかけた。

「あの男が好きなんだろ?」

違う、と答えようとして琴莉は一瞬ためらった。

好きなのは孝太郎――そう強く想ってしまった自分に狼狽えたのと、それを孝太郎に知られては遠ざけられてしまうという不安が一瞬のためらいを生んだからだ。

それはほんの数秒だったはずだが、孝太郎は納得したように視線を琴莉から窓に向けた。

「そうだよな。あれだけ傷ついて泣いたんだもんな」

「違うよ。もう気持ちはとっくになくなってる」

時すでに遅しと思ったが、琴莉はやはり黙っていられなくて否定した。

「あの時泣いたのは、何か月も我慢してたものが噴き出したの。誰にも言えなかったから、感情が不完全燃焼みたいになってたんだと思う。だから、違うの」

孝太郎は窓の遠くを見ながら答えた。

「でも、あんなに泣くほど好きだったんだなと思ったよ。俺は結婚したことがないから、きちんと理解できてないかもしれないけど」

琴莉の説明は正確だったと思う。あれはまさに不完全燃焼の感情だった。

しかし孝太郎から見れば過去とはいえそれだけ濃い感情であり、人生をともにする決断をするほどの強さであったことは明白だ。どれだけ否定しても消せない琴莉の歴史。それが結婚というものの重みなのだ。

「あの男の言い草があまりにひどかったからつい出しゃばったけど、琴莉の気持ちを無視した振る舞いだった」

孝太郎が何か言う度、距離を置かれている不安が募って苦しくなる。違う、違うと心の中で叫んでも、しつこく言い張ることができなかった。孝太郎は琴莉が隼人への想いを否定することを求めていないのだから。

「すごく助かったの。孝太郎がいなかったらもっと揉めてた」

「そうかもしれないけど」

孝太郎は立ち上がり、またダイニングのテーブルのパソコンの前に座った。

「だけど、余計なことして悪かったな」

「違うよ。本当に助かったの、ありがとう」

琴莉もダイニングの席に戻ろうとしたが、その前に孝太郎の背中越しに聞こえた声に足を止めた。

「あの男の暴言はひどかったけど、部外者の俺がやっていいことじゃなかった」

パソコンを開いた彼の長い指がキーを打ち始める。なめらかで静かな打鍵の音は、それ以上の問答を琴莉に許してくれなかった。

琴莉が隼人をまだ好きかどうかなど、孝太郎にとっていかほどの重みがあるだろう。

(もうすぐ出ていくんでしょう?)

孝太郎に必死で言い訳しようとする自分を琴莉は叱咤した。むしろまだ隼人を好きでいると思ってもらった方が、孝太郎への気持ちのカモフラージュになるのに。

琴莉もそっと席に戻り、冷めたラテのカップを両手で包んで静かな打鍵音を聞いていた。

翌週、孝太郎は出張で仙台に行ってしまった。今回は一週間と結構長い。

年末までに孝太郎の元を去ると心の中で決めた琴莉にとって残された時間は貴重なのに、一週間のブランクは余計に寂しかった。

ただ、琴莉の気のせいかもしれないが、隼人の来襲から孝太郎との間には微妙な隙間風が吹いていたように思う。

琴莉が明るく振る舞ってもかえってふたりの間の空気がぎくしゃくしている気がしたので、そういう意味では孝太郎の一週間の出張はいいリセットになるのかもしれない。

孝太郎と常に一緒に過ごしていたわけでもなかったのに、彼がいない一週間は思いのほか時の流れが間延びしているように感じられた。

思えば毎晩リビングで結構喋っていたし、朝食もいつも一緒に食べていた。最近は寒いからといって駅まで車で送迎してくれてもいた。

それだけでなく、彼がいなくなると電気の消し忘れに遭遇することがなくなり、お風呂の順番で心理戦を繰り広げることもない。ふとした折々に、同居という関係性の密度の濃さを実感する。

その空白を活用し、琴莉は気の進まないまま転居のための格安物件を探し始めた。こんなことなら元々いたワンルームにそのままいれば引越費用もかからなかったのにと考えると、やはり隣の実家に帰る選択肢も捨てがたい。

近いうちに両親には離婚のことを打ち明けるつもりなので、そうすれば最初の頃のような〝こっそり〟ではなく一応は実家に住むことも可能だ。

ただ、孝太郎の家を出ても隣に移動しただけではかえって孝太郎への気持ちを消せないまま引きずってしまいそうだ。毎朝毎晩、彼の車の音を聞けば岩舘家のリビングで〝おかえり〟と言えないことを琴莉は寂しく思うだろう。

善は急げと、孝太郎がいない週末を利用して琴莉は不動産屋を訪れた。

「予算は？」

「あの……共益費を入れて三万円」

「えっ？」

「敷金礼金なし」

不動産屋には苦笑されたが、決して高くはない給与で自活して積立貯蓄も続けることを考えれば、住居が古かろうが僻地だろうが贅沢を言っていられない。

「ご覧になるとショックを受けるかも」

不動産屋にそう言われて物件を訪れた琴莉は、その古さにしばし呆然とした。

錆びた鉄製の外階段がついた木造二階建。外部との障壁は蹴破れそうに薄い玄関ドアとそれについた旧式の鍵だけで、セキュリティはほぼない。

お風呂とトイレは骨とう品のように古い設備で、ドラマに出てくる〝ボロアパート〟そのものだった。しかも駅からかなり遠い。

しかし、格安物件とはそういうものだ。

ほぼ問い合わせはゼロの物件なので返事はいつでもいいと言われ、とりあえずは保留にしておいたが、ネットで検索してもやはりそこが最安値だ。

友人を招いたりしなければ恥ずかしい思いをすることもないし、自分さえ満足できればいい。

前のワンルームの時は隼人が住居を突き止めて押しかけてきたことがあった。〝こんなボロに意地を張って住むのか〟と琴莉を小バカにして連れ戻そうとしたが、その時の物件よりここはさらにボロい。

しかし今は琴莉が孝太郎の家で暮らしていることになっているから、隼人はここを突き止めて押しかけてきたりしないだろう。

もっとも、隼人はもう琴莉につきまとったりしないはずだ。

孝太郎が恋人役を演じてくれてから週明けに会社で隼人と顔を合わせたが、今までとがらりと違って琴莉を避けているようだった。孝太郎というボディーガードがついていると知ったからだろう。いろいろな意味で孝太郎には感謝するばかりだった。

孝太郎が帰ってきたら、そんな報告もしてお礼を言って、引越の日を決めよう――。

揺らぐ心と闘いながら、琴莉は彼にどう言おうか、どう切り出すかを迷い続けていた。

それでも金曜日の夜に玄関で孝太郎を出迎えた琴莉は嬉しくてたまらなかった。自分で思っていたよりずっと寂しかったのだと痛感する。

「ただいま」

玄関ドアを開けた孝太郎はハードな日程をこなしたせいか少し疲れが見えたが、琴莉を見ると珍しくにっこり笑った。

「お帰りなさい！」

孝太郎がコートを脱いでいる間に琴莉が玄関のキャリーバッグをリビングに運び込もうとしていると、すぐさま孝太郎に止められた。

「いいよいいよ、琴莉は小さいんだから」

「小さくないよ。ひと言余計なの」

妹扱いされている切なさに甘んじ、拗ねる妹分として抗議する。

「俺から見ると小さいよ」

そう言った孝太郎の腕が琴莉の頭上をひょいと超えてキャリーを奪い、軽々と持ち上げて運んでいく。

「土産が入ってるから少し待ってろよ。掘り出さないと」

出張前は隼人のことで少しぎくしゃくしていたが、以前と変わらない様子に琴莉の気分は浮き立った。

夕飯はまだ食べていないという孝太郎のため、琴莉はすぐにキッチンに立った。

といっても前々から彼の帰りを待ちわびていたから、下ごしらえは前日に済ませてある。

ここのところ孝太郎がプロジェクト準備と学会の論文執筆でかなり忙しかったのを琴莉は傍で見ていたので、とりあえずその片方が完了したことにほっとしていた。

キャリーバッグの荷解きをしていた孝太郎がキッチンにやってきた。

「琴莉、土産」

そう言ってお土産の包みを不愛想に突き出してくる。その態度に甘さはないが、琴莉は孝太郎のそんなところが好きだ。多忙な日程の中で琴莉のことを思い出してくれただけで十分嬉しい。

「ありがとう！」

今回のお土産は前回の仙台土産とは違うお菓子で、卵とバターたっぷりの生地の中にくるみ餡が入っている和洋折衷のお菓子だ。孝太郎は琴莉の好みをよくわかってくれている。

「ご飯のあとに孝太郎も食べようよ」

ふたりで夕飯を囲んでいる時、琴莉は孝太郎に一緒の時間をおねだりした。

「わかったわかった」

あまり甘いものを食べない孝太郎は渋々といった感じだったが、琴莉に付き合うことを苦笑しつつ約束してくれた。

今日の夕飯は出張後で胃も疲れていると思い、鳥つくねと野菜の炊き合わせをメインにしている。

「あー染みる……大根がうまい」

鶏つくねと野菜の炊き合わせの大根を孝太郎が目を閉じて味わっている。いつもはそこまで薄味好みではないのに、今日の孝太郎は薄味の煮物をお代わりした。

出張先ではその土地の特産品などこってりしたものを仕事仲間と食べる機会が多かったことだろう。胃が疲れているのではと琴莉は思っていたが、この時、実は孝太郎はかなり体調が悪かったのだ。

それがわかったのは食後にソファで休んでいる時だった。

「お茶淹れたよ。お菓子はソファで食べる？」

夕飯の片付けを終えた琴莉は熱いお茶と仙台土産のお菓子をお盆にのせてリビングに運んだ。

食事の支度は琴莉がやったのだから片付けは自分がすると言い張る孝太郎を無理やりソファに座らせたのだが、孝太郎は疲れが出たのか、横になって目を閉じている。

「孝太郎……寝ちゃった？」

小さな声でもう一度言ってみたが、孝太郎は目を閉じたまま動かない。琴莉はお盆をローテーブルに置き、傍にあったブランケットを孝太郎にかけようとした。

しかしその時、琴莉は彼の呼吸がかなり速いことに気づいた。恐る恐る額に手をあててみてぎょっとする。孝太郎の額は燃えるように熱かった。

「孝太郎、熱あるよ……！」

動揺した琴莉が孝太郎の肩を小さく揺すると、彼は薄目を開けて「ああ……」と呟いた。

「タクシー呼ぶから病院に行かないと。夜間診療やってるから――」

「いや、あっちで体調を崩して病院で診てもらったんだ。疲労だって、薬ももらってる。飲まないと……」

孝太郎はそう言いながらゆっくりと身体を起こした。かなりしんどそうだ。

理由もなく孝太郎は無敵のように思っていたから、彼が弱っていることに琴莉は狼狽えてしまった。

「ごめんね、気づかなくて……そんなにしんどかったのに、いっぱい喋らせて」

「いや、家に帰ると調子がよくて、さっきまで全然平気だったんだ。気が抜けたのかな。処方された薬をきちんと飲めばいいらしいから、あとは寝て治すだけだよ」

孝太郎はそう言ってビジネスバッグから薬を取ってきたが、それだけの動作でもかなりしんどそうだ。薬を飲んでから熱を測ってみると三十九度もある。

「水分補給さえできていればいいと医者に言われてるから大丈夫だ」

そう言って孝太郎はうとうとと眠り始める。

「ここで寝たらだめだよ。二階のベッドでちゃんと休まないと」

広く暖かなベッドでなければ身体の回復もままならない。琴莉は手助けができない自分の非力さを申し訳なく思いながら、二階に行くよう孝太郎を促した。

しかし孝太郎は階段を上がるのも辛そうで、壁を支えにしている。

「私が担いで運べたらいいんだけど」

琴莉がおろおろしながらそう言うと、冗談ではなかったのに孝太郎が笑い出した。

「笑わすなよ、熱が上がるだろ」

「本気で心配してるのに」

笑う元気が残っているのはよかったが、孝太郎はベッドに辿り着くと力尽きたように横になった。

「ごめんな琴莉……迷惑かけて」

　孝太郎は目を閉じて呟いた。

「ご飯すごく美味しかった……ありがとう」

「そんなこと言わないでよ。最後みたいじゃない」

　孝太郎がこんなに弱っている姿を見たことがないうえ、妙に素直なので琴莉は余計に不安になってきた。

「失礼だな……辞世の句じゃない」

　孝太郎は笑ったが、そこで眠りに落ちたようだった。

　琴莉は急いで一階に下りて保冷剤などを準備した。タオルで包んだ保冷剤を首筋にあてると孝太郎はかすかに呻いたが、また昏々と眠り始める。

（今のうちにスポーツドリンクを買ってこないと）

　熱が下がる時は大量の汗をかくはずだ。夜中に何か変化があった時に対処できるのか不安で、スポーツドリンクや氷嚢、ヨーグルトなどを走って買いに行く。ほんの少しでも彼をひとりにするのが不安で気が気ではなかったが、熱が三十九度で上げ止まっている様子に少しだけほっとする。

「水分、飲める？」

時折孝太郎の眠りが浅くなると声をかけ、ストローを差したペットボトルで少しずつでも水分を口に含ませる。

その夜、琴莉はずっと孝太郎の傍にいた。自分の部屋から掛布団を持ってきて冷えないようにくるまりながら、孝太郎を付きっきりで看病した。

孝太郎の呼吸が止まってしまうのではと思うと不安で、あまりに静かだと寝息を確かめたりもした。

真夜中、琴莉は目を覚ました孝太郎に水分を飲ませると、優しく声をかけた。

「少しだけ、お風呂に入ってくるね」

熱はなかなか下がらないが、呼吸は安定している。水分を摂取できていれば大丈夫だと孝太郎が言っていたように、これは発熱することでウイルスや菌を攻撃しているのだろう。だからきっと正しい作用だと信じたい。

「すぐ戻ってくるね」

そう声をかけながら首筋の保冷剤を取り換え、孝太郎の肩を布団でくるんであげようとした時だった。

「琴莉……」

孝太郎が不意に琴莉の手を掴んだ。その手は熱く、孝太郎の表情からも彼が朦朧としていることがわかる。

「ここにいて」

立ち上がろうとして浮かせていた腰をまた下ろし、琴莉は微笑んだ。

「うん、いるよ」

〝何か欲しいものある？〟

そう尋ねようとした琴莉は、孝太郎の次の言葉に目を見開いた。

「誰のところにも行くな」

それはまるで告白のように聞こえた。もうすぐ孝太郎の元を去ることを決意している琴莉には切なすぎる言葉だった。この言葉が本当ならどんなにいいだろう。

しかし、四十度近い熱がある孝太郎は普通の状態ではない。琴莉は子供を宥めるように優しく言った。

「お風呂に入るだけよ」

孝太郎の手に力が込められた。

「そうじゃない……そういうことじゃない」

ベッドサイドのランプの仄暗い光に照らされた孝太郎の目にはこれまで見たことの

ない熱が揺れている。

「キスしたい……」

突然のことに、自分の耳が信じられなかった。目の前にいる孝太郎はいつもの兄でも幼馴染でもなかった。

「ずっと我慢してた」

彼に向かおうとする感情から目を逸らしてずっと押し込めようとしていたのに。熱くて甘くて苦しい恋の感情が胸に溢れ出し、否定しようのない強さで琴莉の全身を震わせた。

「他の男を見ないでくれ」

孝太郎が苦しそうに呟いた。熱のせいで彼は幻を見ているのだろうか。それとも、この言葉を信じていいのだろうか。

「琴莉……」

孝太郎の手が琴莉の頬に伸び、愛おしそうにそっと触れる。

「抱きしめたくてたまらない」

孝太郎の手に手を重ね、琴莉は泣きそうになりながら微笑んだ。

「治ったらね」

「うん」

孝太郎はほっとしたように目を閉じた。

「ずっと俺の傍にいて……」

そう呟いた彼の手が琴莉の頬から布団の上に落ちる。孝太郎はもうとろとろと眠っていた。

今だけの夢ならこのまま時が止まってほしい。恋を認めた琴莉の心を置き去りにして、なかったことにしないでほしい。

「孝太郎……」

眠ってしまった孝太郎の髪を優しく撫でた。温かで、それなのに苦しくて、わっと泣き出したいほど孝太郎が慕わしかった。

それでも琴莉は今聞いたことを心から消そうとした。孝太郎はきっと覚えていない。一度でも恋を認めてしまえばもう心は元に戻れない。熱でうなされている彼の言葉を鵜のみにして、あとで何事もなかったような現実に取り残されるのが怖かった。

それにもし孝太郎の言葉が本当だったとしても、いつか彼は後悔することになるのではないだろうか。

〝お古で残念だったな〟

隼人に投げつけられた言葉が脳裏にこだました。

あの時は演技だったから、孝太郎が本当に恥をかかされたわけではなかった。しかし、もし琴莉と本当の関係を結べば、隼人だけでなく世間からも孝太郎はそんな目で見られてしまうのだろうか。

孝太郎に恋をすべきではない理由は他にもある。隣に住んでいる限り岩舘家と藤崎家の関係性はこれからも続いていく。そんな中でもし孝太郎と琴莉が恋人関係になったら、気軽なものでは終わらせてもらえない。孝太郎はいくら後悔しても琴莉から逃れられなくなるのだ。

あるいは岩舘家の両親が離婚歴のある琴莉を望まないことも十分ありうる。そうなれば両親たちの付き合いにまで影を落としてしまうだろう。

家族ぐるみの仲である孝太郎だからこそ、軽はずみな恋をしてはいけないのだ。

「孝太郎……」

琴莉は眠る孝太郎の胸に顔を埋めた。最初で最後の告白になるのかもしれない。認めたら苦しい恋が待っている。

それでも言わずにはいられない。飛び込まずにはいられない。

「好き」

愛おしさを込めて、彼の胸に囁いた。

夜が明けても孝太郎は昏々と眠り続けていた。

明け方に一度三十七度台に下がったので、これで回復するのだと安堵したのもつかの間、昼近くなるとまた熱が上がり始めた。しばらくは体内のウイルスとの攻防が続くのだろう。

孝太郎は何度か目を覚ましたが、熱の乱高下で頭が重いらしく、水分補給がやっとという状態だ。そんな時に昨夜の彼の言葉について確かめられるはずもなく、琴莉は苦しい心を隠して彼の回復を待つしかなかった。

もしかすると幻覚を見たのは琴莉の方だったのかもしれない——そんな気さえしてくる。

一晩中看病を続けた琴莉も翌日の昼過ぎにはさすがに眠気に耐えられなくなり、リビングのソファで横になった。今夜も孝太郎の熱は上がるだろうし、長丁場になるなら寝ておかなければ。

ところが、うつらうつらと眠り始めたところでインターホンが鳴った。宅配便が届く予定はないし、休日にセールスが来ることもない。琴莉はぼんやりする思考のままモニターの応答ボタンを押した。

「はい」

そこで初めてきちんと画面を見た琴莉の眠気は一気に吹き飛んだ。そこには今の琴莉が一番思い出したくない相手——二谷美佐子が立っていた。

第六章　さよならは恋のため

琴莉が玄関で出迎えると、美佐子は不快感もあらわに尋ねた。

「あなた、たしかお隣の方ですよね？」

「……はい」

美佐子は琴莉の全身を無遠慮に眺めた。

今の琴莉はノーメイクであるうえ、昨夜は孝太郎の看病でほぼ徹夜だったので目の下にはくまができているし、コンディションは最悪だ。元より素顔に自信を持てる顔立ちでもないし、雑誌から抜け出てきたような美佐子の前ではあまりの格差にいじける気分にすらならない。

これまで遠目に見かけるだけだったが、こうして面と向かい合うと琴莉は美佐子の完璧な容姿に圧倒された。

さらさらの長い黒髪、美しい輪郭の小顔に理想的な造形の目鼻立ち。背丈はすらりと高く、細身でありながらなまめかしい曲線を描いている。ハイブランドの優雅なワンピースに身を包んだ姿は女優のようで、どこにも欠点が見当たらない。

「どうしてあなたが家族のような顔をしてここにいらっしゃるのかしら」

一応は敬語だが〝家族のような顔をして〟という言葉には敵意と侮蔑が意図的に込められている。

「うちの家が空き巣被害に遭って、空き巣問題が解決するまでひとり暮らしは避けた方がいいということで、こちらのお世話になっています」

「あなたが要求したの？」

「いえ！」

美佐子に鋭く尋ねられた琴莉は即座に否定した。かといって孝太郎がどれだけ親切に琴莉を保護してくれたかを美佐子に語るのも、もしふたりが恋人関係なら火種になって孝太郎に迷惑がかかるのかもしれない。琴莉としては何を語るのも胃がきりきりしそうな局面だった。

「まあいいわ。それについては孝太郎と直接話すから。彼は留守なの？」

てっきり孝太郎のお見舞いで来訪したとばかり思っていたが、美佐子は孝太郎が寝込んでいることを知らない様子だった。

「この間、大学の研究室の同窓会があって、その記念品を預かってきたのよ。孝太郎は欠席したから」

そう言って美佐子は手にしていた茶封筒を掲げて見せた。何かの記念盾のようなものが入っている茶封筒には孝太郎の出身大学名とすごそうな研究室名が印刷されている。美佐子も同じ研究室出身なのだろう。

「留守ではないのですが、高熱で寝込んでいるんです」

「えっ、孝太郎が？」

「はい。昨夜から」

琴莉が事実のまま説明すると美佐子は少し驚いた表情を見せたが、それきり琴莉にもう用はないというような態度でリビングに進んだ。そのままためらいなく二階に続く階段ホールに向かっていく。

「あっ、あのちょっと」

「……何かしら」

無断でずかずかと家に上がり二階に行こうとする美佐子の行動に驚いて咄嗟に呼び止めてしまったが、そもそも琴莉は居候であってこの家の住人ではないし、美佐子と孝太郎の正確な関係も知らない。居候ごときが何だと言わんばかりの美佐子の視線に、琴莉は何も言えず引き下がるしかなかった。

（通してよかったんだろうか……）

美佐子が孝太郎の部屋に入っていったあと、琴莉はひとりで気を揉みながらリビングを行ったり来たりした。

二階からは何の物音も会話している声も聞こえてこない。孝太郎はまだ高熱で深く眠っているから会話できる状態ではない。

案の定、美佐子は寝ている孝太郎が相手では何もすることがなかったらしく、ほんの数分で一階に下りてきた。

「本当みたいね」

その言葉に琴莉は内心むっとした。嘘などつくはずがないではないか。

でもこれで美佐子は帰るだろう。胃が擦り切れそうな局面が終わることに琴莉はほっとしたが、ここで美佐子は鋭い視線を琴莉に向けて言った。

「あなた、お名前は何とお呼びすれば？」

「藤崎です」

「藤崎さん。少しお話ししたいことがあるので、お時間をいただいていいかしら？ここだと孝太郎の睡眠の邪魔になるので、どこかお店で。手短に済ませます」

迷いなく斬り込んでくる美佐子の迫力に、琴莉は頷くしかなかった。

十分後、琴莉と美佐子は近くのスーパーマーケットにあるフードコートで向かい合っていた。

美佐子にはかなり不釣り合いな場所だが、孝太郎を長時間ひとりにしたくない琴莉はできるだけ近場でとお願いした。

「藤崎さんはお勤めしているの？」

「はい」

仕事の話や世間話が始まるのかと思いきや、美佐子はずばり本題に入った。

「失礼ですが、ご結婚されたはずでは？」

「……そうです」

これまで美佐子と琴莉の接点はなかったし、学年も違う。高嶺の花の美佐子が琴莉のような目立たない存在など知るはずもないのだが、美佐子は琴莉のことを正確に把握していた。

最初に玄関で顔を合わせた時もすぐに隣の住人だとわかっていたし、さきほど琴莉に名前を尋ねたのも、今思えば結婚して名前が変わったことを知っていたからだ。

それは女性なら誰もが持つ、好きな男に関わる人間に対する粘度の高い感情ゆえだろう。

さすがに琴莉が離婚したことまでは知らないはずだが、こうして琴莉が旧姓で実家に帰っていることから察したかもしれない。

琴莉は顔を上げてあっさりと説明した。

「実は離婚して帰っています。つい最近のことですが」

もうすぐ両親に打ち明けると決めたので、もし美佐子に口外されて噂になったとしても構わない。こんな時にも琴莉は自分が離婚を受け入れて次の人生へと立ち上がったことを実感する。

「……そうでしたか。大変でしたね」

美佐子はさほど感情のこもらない声で形だけ気遣いを示した。

「それで孝太郎と同居している」

「……はい」

問いかけでもない事実確認のような言葉に琴莉は胃が痛くなるのを感じながら頷いた。美佐子に快く思われていないことは重々承知しているし、最初に同居をためらったのもこういうことが心配だったからだ。

「そのまま結婚していればよかったのに」

美佐子が小さく吐き捨てた言葉が耳に届き、琴莉はぎょっとして顔を上げた。それは空耳だったのか、美佐子は澄ました顔でドリンクを飲んでいる。

しかしそれだけでは終わらなかった。カップを置いた美佐子は琴莉のプライバシーに遠慮なく踏み込んできた。

「どうして離婚なさったの？　孝太郎を狙えるという算段で？」

もし離婚の理由を問われただけなら琴莉は無視できただろう。ましてや美佐子など琴莉にとって大した関係性でもない。

しかし離婚の理由を勝手に孝太郎に絡めて邪推されるのはたまらない。美佐子が孝太郎と繋がっている以上、彼に何を吹き込まれるかわかったものではない。

「離婚は夫が私の後輩と不倫関係にあったことが原因です」

「……あら」

誤解のないよう琴莉があけすけに説明すると、美佐子はさすがに驚いた表情を浮かべた。

「後輩ということは全員同じ職場なのね。今でも？」

「はい」

これまで琴莉が離婚の詳細を誰にも語らなかったのは、ゴシップ的な興味で根掘り葉掘り聞いたり余計な進言をしたりという、当事者の傷に土足で踏み込む無神経な振る舞いに耐えられそうになかったからだった。

今の美佐子はまさにそうだが、琴莉は傷つきもせず憮然と答えた。

「顔を見ていると未練が残らない？　だって完全に切りたくないから会社に残っているわけでしょう？」

「まったくありません」

美佐子の意図がわからず、琴莉はさすがにうんざりして答えた。のちになってこの会話を思い出すことになるのだが、この時はただ苛々していた。

「私の離婚についてはこの程度にしていただけませんか」

「そうね。立ち直っていらっしゃるようでよかったわ」

琴莉の口調にたじろぐ様子もなく、美佐子は軽く微笑んだ。そして彼女が次に口にしたのは、自身と孝太郎の強固な関係についてだった。

「あなたに私の意見をお伝えする前に、私と孝太郎がどういう関係なのかをお話ししますね。その方がご理解いただけると思いますので」

「……はい」

琴莉は渋々頷いた。本当の関係はこれから明かされるのだろうが、少なくとも美佐子が孝太郎の長年の学友であることは確かなので失礼なことはできない。しかし嫌な予感しかしなかった。

「私と孝太郎は高校から大学、大学院までずっと同窓です。同じ研究室で彼は博士課程まで進み、私は早く社会に出るため修士まで。就職も同じ業界で、すべてにわたって最高のレベルでともに切磋琢磨してきたわ。私たちには共有するものがたくさんあるんです」

どんな経験も無駄にはならないもので、これまでマウント体質の人間に散々踏みつけられてきた琴莉は、この程度では大してダメージも受けずに聞いていた。唯一、美佐子が琴莉には理解できないあの〝ファージ〟とやらのエキスパートであろうことは羨ましかったが。

しかし、動揺せず聞いている琴莉の様子にギアが入ったのか、美佐子の話は琴莉にとって苦しい部分に入っていった。

「お察しだと思いますが、孝太郎と私は過去に恋人関係にありました。大学生の頃からずっと恋人としても長い時間を共有してきたの」

すでに覚悟していた情報だったが、本人の口から直接語られると生々しい。〝過去に〟という言葉が救いだった。

琴莉の耳に昨夜の孝太郎の声がこだました。

〝キスしたい〟

鮮明な記憶はあれからずっと琴莉の心を揺さぶり続けている。

（でも――）

過去とはいえ、これほど美しい女性と、しかも知的レベルまで同じで互いに高め合える関係の女性と恋人関係にあった孝太郎が、琴莉にキスしたいと本気で思うのだろうか？

美佐子を前にしていると、琴莉はだんだんわからなくなってきた。高熱が見せる幻覚というものが、ありもしない感情や欲求まで映して見せるのだとしたら？

美佐子に対する劣等感というより、彼が熱に浮かされていたという歴然とした事実が琴莉を心もとなくさせる。

思考が美佐子から逸れていた琴莉だが、ここでどぎつい質問を飛ばされて我に返った。

「失礼ですが、孝太郎と関係をお持ちになったことは？」

「ええっ？」

突然の直球に琴莉は度肝を抜かれてつい大声が出てしまった。

「ま、まさか。幼馴染なのに」

琴莉は全力で首を横に振った。こんなところで対抗意識を燃やして美佐子のご機嫌を損ねたら、孝太郎に何を言いつけられるかわからない。たしかに隼人の前ではそういう関係を装ったが、あの時とは事情が違う。

美佐子は探るような目つきで琴莉をじっと見つめていたが、勝ち誇ったようにふっと微笑んだ。

「そうですか。そうでしょうね、不躾な質問でごめんなさい」

微妙なニュアンスを含む美佐子の反応に、琴莉の心が不穏な予感にざわめき始める。留美などと違って、美佐子は頭が切れるだけに心が読めない。そして、おそらくこうして琴莉に見せている顔と孝太郎に見せている顔はかなり違うのだろう。いろんな意味で琴莉の手には負えない相手だった。

「私と孝太郎は長く恋人関係にあったけれど、私のわがままで解消したの。孝太郎はそれを受け入れてくれたわ」

美佐子はいかにも自分が孝太郎より優位に立っているかのような言い方をした。

でも、土採取の時に孝太郎から聞いた〝あんたなんか世の中の女全員無理よ〟とキレられたというのは美佐子のことではないかと思うが、若干ニュアンスが食い違っている気がする。

たしかに孝太郎は〝ふられた〟と表現したが、事実上は逆で、煮え切らない男に女性が痺れを切らして自滅させられたようなものではないか。

しかし、そんなふうに心の中でツッコミを入れながら聞いていた琴莉は、次の美佐子の話に顔色を失った。

「私たちキャリアを目指す人間は恋愛だけの人生では物足りないものなの。何歳までに結婚するとか、クリスマスは一緒に過ごすとか、そういう価値観に縛られない関係。いわゆる大人の関係に落ち着いたわ」

美佐子は意味ありげな微笑を浮かべて琴莉を見つめた。

「はっきり言わなくてもわかってくださる？　孝太郎も大人の男だものね。当然のことよ」

つまり、孝太郎と美佐子は恋人関係を解消しても、今でも身体を重ねているということ――。

「最高の相手との関係で満たされているから、仕事にも集中できているの」

目の前のテーブルにはファストフード店の紙コップから垂れた結露が水たまりを作っている。琴莉はそれをひたすら見つめた。そうしていないと心に走る激震に耐えられなかった。

しかし、美佐子の話の核心はさらにその先にあった。

「だからあなたに最低限の想像力をお願いしたいの。あなたとの同居で彼が不自由してるの、わからない？」

琴莉がいるせいで孝太郎は美佐子を呼ぶことができない状態だということ……？

孝太郎が美佐子と身体の関係にあることより、自分が想像以上に彼に迷惑をかけていたということに琴莉はショックを受けた。

孝太郎は優しいから妹分の琴莉を甘やかしてくれている。でも、彼も楽しんでくれていると思っていたが、兄妹ごっこのおままごとでは、男の彼は満足できるはずがないのだ。自分の幼稚さと図々しさがつくづく嫌になった。

琴莉は悄然と答えた。

「同居は……近々解消するつもりでした。転居先の物件も決めています」

「あら、そうだったの。退去はいつ？」

「……今月中に」

「彼のためにできるだけ早くに済ませてあげてほしいわ」

美佐子はにっこり微笑み、これで用事は済んだとばかりにドリンクを飲み干してテーブルの水滴を拭いた。ようやくこの地獄のような場が撤収されるのだ。

闘うことなく敗戦に甘んじた琴莉もほとんど飲めていないドリンクを空にしなければと無理に飲み始めたが、ここで美佐子が何気なしに言った締めくくりの言葉で突如導火線に火が点いた。

「あなたもバツイチだから、孝太郎に見合わないことはわかっていたわよね」

琴莉はカップを置き、顔を上げて美佐子をまっすぐに見つめた。眉なしのノーメイクであろうと安物の普段着であろうと構わない。

「私は離婚したことを恥じていません」

自分の人生の価値を他人に決められる筋合いはない。

傷ひとつない完璧な経歴を誇る美佐子には理解できないだろう。でもそんな人間になるより、傷だらけの自分でいい。少なくとも他人の人生を深く知りもせず傲慢に格付けすることの恥は知っている。

「恥ずかしいのは、限られた経験ですべてを知った全能神のように語ることでは？」

琴莉はそう言うと立ち上がり、振り返りもせず店を出た。言い捨てて逃げたのは卑怯だが、一応反撃したと、家に急ぎながら自分に言い訳した。

家に着くと大急ぎで二階に行き、孝太郎の寝顔を見て安心する。高熱ながらも昨日より少し呼吸が楽そうだ。

「孝太郎の言う通り、少しは反撃してきたよ」

眠っている孝太郎を起こさないよう小声で報告してから、琴莉は溜息をついた。

（でもごめんね……反撃した相手は美佐子さんなの）

美佐子が琴莉を不快に感じて攻撃するのは当然だ。目障りで仕方ないのもわかる。それは琴莉が孝太郎と同居するのはいかなる理由があっても好ましい状態ではない。それは動かしがたい事実だった。

それでも琴莉はなかなか腹立ちが収まらなかった。美佐子は自分たちが社会の頂点に立っているというエリートの選民意識があからさまで、同じ条件でありながら分け隔てない孝太郎がどれだけ均整のとれた人間なのかがよくわかる。でも、孝太郎のような人の方が少ないのだろう。

美佐子と対峙した緊張と興奮が冷めてくると、琴莉は静かに現実と向き合った。彼女の態度は不快だが、離婚歴のある琴莉が孝太郎にそぐわないという感覚は美佐子だけのものではない。世間の大多数が同じであることは事実で、その意識が正しいかそうでないかの問題ではないのだ。

そして、この腹立ちが逃避であることも琴莉はわかっていた。バツイチ云々の発言に目くじらを立てているのは、致命傷となった事実から目を逸らすための防御であることを。

眠る孝太郎を苦しい思いで見つめる。

〝キスしたい〟

そう言ってくれたのに、孝太郎は美佐子と身体を重ねている。

美佐子が明かしたことのショックがじわじわと琴莉を浸食していた。

翌日に孝太郎は解熱し、平熱で安定するまでに回復した。大事をとって月曜日は休んだが、火曜日からは出勤している。来週は国際学会のためアメリカに発つので仕事を片付けていかねばならず、ゆっくり休んでもいられないのだ。

孝太郎の発熱で慌てている間に暦は十二月に入っている。〝年末までに〟と決めた同居解消のリミットはもうすぐそこだった。

夜、琴莉はキッチンで明日の献立の下ごしらえをしながら、孝太郎に声をかける勇気をかき集めていた。孝太郎は先ほど食事を終えてまだダイニングにいる。来週といっても正味あと数日で孝太郎はアメリカに行ってしまう。

(それまでに言わなければ――)

キッチンで粘っているのも本当は切り出すタイミングを掴みあぐねているせいだが、

そのくせ孝太郎が回復してからというもの、琴莉は食事の時間をわざとずらして孝太郎と面と向かうのを避けてばかりいた。

　理由はいくつもあって、どれが起点なのか区別できないほど琴莉の心の中でぐちゃぐちゃに絡まっている。

　ひとつは、孝太郎の顔を見ると同居解消とさよならを告げるのが辛くてたまらなくなるから。

　そしてふたつ目は〝キスしたい〟という発言について、孝太郎から謝られるのではないかと恐れているから。

　あれからふたりの間の空気はどこかぎこちない。もし彼が覚えているなら、混濁した意識で発してしまったうわ言を取り消したいのではないだろうか。美佐子という存在がいるのに、正気なら琴莉にあんなことを言うはずがない。

　そう考えると孝太郎から〝ごめん〟と謝られるのが怖くてたまらなかった。だってあの時琴莉は〝好き〟と言ってしまったから、孝太郎に恋していることをごまかしようがない。

　三つ目は、美佐子が明かした孝太郎との〝大人の関係〟の話が猛毒のように琴莉の心を痛めつけているせいだった。

本当なら、残りわずかとなってしまった孝太郎との時間を一秒でも惜しんで一緒にいたいのに。今日だって孝太郎の帰宅が少し遅かったため琴莉は先に食事を済ませたが、以前の琴莉なら彼がどんなに遅くても一緒に食べることを楽しみに待っていたはずだ。

もうひとつ琴莉の心を複雑にするのは、美佐子が訪ねてきたことを孝太郎がまったく知らない様子だったことだ。

『インターホンが鳴ってた気がするんだけど、誰か来た？』

回復した時、孝太郎はこう琴莉に尋ねてきた。

身体の関係にあるならふたりは密に連絡を取り合っているはずだが、あの日訪ねたことを美佐子が孝太郎に言っていないのはどう考えても不自然に思える。琴莉はそこに美佐子の黒さを感じてしまった。

『セールスだったよ』

『応対させて悪かったな。ありがとう』

琴莉が適当にごまかすと、孝太郎は何も疑問に思っていないようだった。

美佐子が来訪したあの日、フードコートで琴莉と対峙する彼女はたしか届け物の茶封筒をまだ持っていた。孝太郎の部屋に入ったのに置いてこなかったのは、今思えば美佐子が自分の来訪の痕跡を残さないよう予定を変更したためではないだろうか。

美佐子が〝孝太郎の睡眠の邪魔になるから〟とわざわざ琴莉を外に連れ出したのは、琴莉を牽制したことを孝太郎に悟らせないため。頭が切れる彼女は琴莉の攻撃性の低さを見抜き、一方的にやり込めることを見越して琴莉を外に誘い出した。だから届け物を置かずに孝太郎の部屋を出てきたのだろう。

そして孝太郎の〝厄介者〟である琴莉が美佐子に退去を促されたことを孝太郎に言いつける度胸がないこともわかっていたはずだ。彼らの関係は琴莉には入り込めない密度と長さを持っているのだから、琴莉が委縮して無言で去らざるを得ないことを見越して。

美佐子の計算を思うと悔しいが、男女の関係にある美佐子と妹分の琴莉が孝太郎を間に挟んで揉めることは何ら彼のためにならない。ただでさえ大きな予定を控えている孝太郎を思うと、そんなことはできなかった。

琴莉がすべきことは同居解消を告げて、これまでの感謝を精一杯伝えることだけだ。

「孝太郎……あのね」

キッチンを片付けながら琴莉は自分を奮い立たせてダイニングにいる孝太郎に声をかけた。

「あ……あとでいいよ。ごめん」

ところがダイニングに行った琴莉は孝太郎の前にパソコンがあるのを見て慌てて撤回した。

今回のアメリカ行きは学会終了後のレセプションや各大学の研究所との情報交換などがあるので長めの日程だ。その準備もあるし、不在中の会社での仕事の目途をつけておく必要もあるので、病み上がりなのに夕飯のあと休憩もろくに取らずに仕事をしなければならないほど忙しいのだ。

「いいよ。仕事は機内でもできるし、家ではできればゆっくりしたい」

しかし、孝太郎はパソコンを閉じて琴莉を見つめた。彼はどんなに忙しくてもそれを理由にしない人なのだ。

そんな彼のすべてが好きでたまらないのに——一秒でも長く見つめていたいのに、琴莉は彼から視線を逸らしてしまった。あの夜の発言を謝られるのが怖いから。そして彼を見る度、彼の目が美佐子を見つめ、その手で美佐子に触れているという事実に耐えられなくなるからだ。

「ええと……帰国日はいつだっけ」

日程を琴莉はちゃんと覚えていたが、同居解消の話を切り出すきっかけを掴もうとして苦し紛れに忘れたふりをした。

「十二月二十三日」

「そ、そっか。ニューヨークならクリスマスで綺麗だろうね。暖かくして行ってきてね」

琴莉は孝太郎の目から微妙に焦点をずらしたまま笑いかけた。

目を見るともっと好きになる。ここを立ち去って恋に自ら終止符を打つことができなくなる。もし引き止められたら、絶対に負けてしまう。でも――。

〝彼が不自由してるの、わからない？〟

この言葉を思い出す度、琴莉の心は悲鳴をあげる。孝太郎にそういう迷惑をかけていた自分の厚かましさを恥じるだけでなく、彼を目の前にしている今は孝太郎が美佐子を抱いているという現実が生々しく琴莉を苦しめる。

〝抱きしめたくてたまらない〟

愛おしそうに琴莉の頬に触れてくれたその手は、もっと熱く美佐子に触れている。

〝最高の相手との関係で満たされているから、仕事にも集中できているの〟

琴莉の心がきりきりとした痛みに苦しんだ。

隼人が留美と行為しているのを目の当たりにした時も衝撃を受けたが、今の嫉妬も苦しみも、あの時よりはるかに鮮やかだった。

それは、それだけ孝太郎に恋をしているからだ。妻としてのプライドやしがらみではなく、純粋に恋をする無防備な裸の心が悲鳴をあげているからだ。

こんな形で恋を知るなんて。

「コーヒーいる？　淹れてくるね」

琴莉は孝太郎の前でこれ以上平気な顔を装う自信がなくなり、視線を逸らしたまま笑顔で立ち上がった。

しかし琴莉がキッチンに身を翻すより一瞬早く、孝太郎も立ち上がって琴莉の手を掴んだ。

「コーヒーはいい」

「………」

逃げ道を失った琴莉の視線を孝太郎の切れ長の目が捉える。孝太郎は思いつめたような目をしていて、単にコーヒーを断るのではなく何かを言おうとしていた。

「琴莉」

孝太郎の真剣な目に見つめられたまま、琴莉は何も言えずに首を横に振った。

〝キスしたい〟

あの言葉を忘れていいから、お願いだから謝らないで。琴莉の告白も何もかも、全部忘れてていい。

だから謝らないで、どうかこのまま幼馴染のままでいさせて。あなたの傍に私の居場所を残しておいて——。

「ごめんなさい……！」

目に滲(にじ)んだ涙がばれる前に、琴莉は孝太郎の手を振り切って身を翻した。

「お……お風呂に入ってくるね！」

明らかに不自然な会話の終え方だったが、琴莉には他にどうしようもなかった。孝太郎もきっと琴莉があの告白を後悔していることをわかってくれただろう。

（もう駄目……）

温かな湯に浸かりながら琴莉は少しだけ泣いた。お風呂上がりにもし孝太郎に顔を見られてもばれない程度に、明日瞼が腫れない程度に。そう言い聞かせながらこの三か月の楽しかったことを考えた。

それでもぽたぽたととめどなく雫は落ちる。

でも、これでいいのだ。

数日後、孝太郎はアメリカに向けて発っていった。結局琴莉は最後まで同居を解消することを言えないままで、この三か月で降り積もった数えきれないほどのありがとうも何ひとつ言えていない。

しかし琴莉は決意が揺るがないよう、孝太郎の渡米中に岩舘家を出ていくことを決めた。転居先は隣の実家ではなく、以前に不動産屋で見繕っていたあのおんぼろアパートだ。隣に移動しただけでは孝太郎から離れたことにならないし、孝太郎と美佐子がそういう関係ならばなおさら隣にはいられない。

隣に住んでいれば美佐子が訪れる気配はきっとわかってしまう。琴莉にはそんなものを見続けていくことは到底無理だった。いずれふたりはお互いのタイミングが合った時に結婚するのだろう。それを知らずにいられる場所で生きていきたい。

元々実家からの自立を望んでいたので、琴莉はもう実家ではなくアパートに移ることに迷いはなかった。

引越の決行日は孝太郎の帰国を目前に控えた週末。琴莉は業者に依頼して自分の荷物をすべて運び出した。洗面所の歯ブラシも、最近はお風呂場に定位置を持っていた琴莉専用のシャンプーとリンスも、毎日孝太郎と一緒にコーヒーを楽しんだマグカップも。

何ひとつ残さずに去るつもりだったが、どうしても孝太郎の身体が心配で、退去日までに琴莉はせっせと惣菜を作っては冷凍してきた。

切り干し大根、ひじきの煮物、小松菜の胡麻和え、それから孝太郎が気に入っていた鶏団子と野菜の炊き合わせ。

そうして冷凍庫いっぱいのおかずと感謝の手紙を残し、琴莉は孝太郎との三か月の同居生活に終止符を打ったのだった。

＊＊＊

孝太郎

おかえりなさい。論文発表お疲れさまでした。

年末までに区切りをつけたかったので、新しい住処に移ることにしました。今まで本当にありがとう。たくさん迷惑をかけてしまってごめんなさい。でもこの三か月、とても楽しかったです。

おお礼の印に、ささやかですがおかずを作って冷凍しておいたので、よかったら食べてください。電子レンジの加熱時間はそれぞれの袋に書いておきました。いらなかったら無理して食べなくていいよ。

お別れを言うのが寂しかったから、黙って出ていってごめんなさい。いつかまた幼馴染として会えたら嬉しいです。昔よりは仲よくなれたかな。

三か月、本当にありがとう。お元気で。

琴莉

第七章　君は世界にひとりだけ

「うう……寒い」

　十二月二十五日。琴莉は寒さに震えながらアパートの外階段をよろよろと上がっていた。不動産屋の物件案内には〝駅徒歩十八分〞とあったが、絶対に嘘だ。琴莉の足では三十分近くかかるので、その間に身体は芯から冷えるし、寒風に晒された耳は凍えて取れてしまいそうだ。

　駅前でセールになっていた残り物のクリスマス向けホールケーキをゲットしたまではよかったが、まだ道に慣れていないので思わぬところにある段差で躓いて一度コケてしまった。

　厚着していたので琴莉自身は無傷だが、おそらくケーキのデコレーションは悲惨なことになっているはずだ。

「まあひとりだから気にしない」

　琴莉は独り言ちながら玄関と呼べるのか怪しい薄っぺらいドアに鍵を差し込んだ。

「ん？」

たしかに鍵を回したのにドアが開かない。さては今朝家を出る時に鍵をかけ忘れていたのかと焦ったが、もう一度回してもやはり開かなかった。

自分のミスではなかったと安堵している場合ではないが、琴莉は「またか」と呟きながら何度も鍵を回した。入居してまだ数日だが、この鍵の不具合は数回起きているので対処法は心得ている。

繰り返し回すと、ようやくドアは開いた。この逆もあって、閉めたはずなのに閉まっていないこともある。

でもこのアパートは外観も内装もおんぼろだが、狭いながらふた部屋あり、その点はワンルームより気に入っている。貯蓄優先の身にはありがたい家賃だし、トイレやお風呂は古いのではなくレトロだと思えばいい。

ただ、鍵だけはさすがに大家に連絡した方がよさそうだ。

「やっと着いた……」

通勤バッグやケーキの箱、スーパーで買った食材を下ろすと、琴莉はやれやれと溜息をついた。まだこの土地に慣れていないせいか、世界の果てに辿り着いたような気分になる。

そういえば三か月前も似たように世界の果てから帰ってきた気分でよろよろと実家

の前に立ったことを思い出し、琴莉は誰もいない部屋で少し笑ってしまった。この数か月の琴莉は果てから果てへと彷徨ってばかりいる。

あの夜に孝太郎が踏み込んできた時のことをぼんやり考えている自分に気づき、琴莉は回想を振り切るように声に出して自分の門出を祝した。

「祝、再々スタート」

いや、再々再スタートになるのだろうか。

たまたまセールになっているところに遭遇しただけなので後付けの理由だが、ケーキは再出発とおひとりさまクリスマスのお祝いだ。ホールケーキなのでこの週末にたっぷり楽しめるだろう。

箱に貼り付けられたヒイラギのクリスマス装飾は今日が二十五という日付であることを琴莉に喚起してくる。琴莉にとってはクリスマスではなく、孝太郎が帰国して三日目であることを意味していた。

彼が帰国したのは二十三日。当日は夕刻成田(なりた)着できっと疲れて寝るだけだっただろう。黙って出ていった琴莉の無礼に腹を立てたかもしれないが、三日目の今日にはもう忘れているに違いない。

岩舘家を出てからというもの、琴莉はこうしていつのまにか日を数えては孝太郎のことを考えてしまう。

「鍵は届いたかな……」

置手紙に書き忘れたが、使わせてもらっていた岩舘家のスペアキーを彼にどう返すか迷った琴莉は、昨日届くように宅配便で送っておいた。

郵便受けは施錠できないので、それぐらいしか安全な返し方を思いつかなかったのだ。送り主の欄に仕方なくこのアパートの住所を書いたが、今思えば〝同上〟とか、隣の実家の住所でも書いておけばよかった。

とにかく、これですべて完了したので孝太郎は琴莉と再会する以前の不自由ない生活に戻っていることだろう。

今頃は美佐子が来ているかもしれない――。

「いけない、お魚が傷んじゃう」

思考が嫌な方向に流れかけたので、琴莉は雑用に頭を切り替えた。

買ってきた食材を冷蔵庫に入れ始めたが、単身者向けの小さな冷蔵庫にはケーキの箱が大きすぎて全部は入りきらない。仕方なくケーキの箱はテーブルに置いた。

「お祝いで全部食べちゃおうかな」

言ってはみたが、ひとりはさすがに無理なことはわかっている。

どうでもいい独り言がやけに多いのはひとり暮らしの寂しさのせいではない。前のワンルームの時はこんなふうに喋っていなかった。

あの時と今と何が違うのかを考えかけた琴莉は思考を振り切り、通勤バッグから先ほど駅で購入したばかりの新幹線のチケットを取り出して眺めた。

ようやく両親に離婚のことを打ち明ける覚悟を決めたので、両親がスローライフを送る岡山（おかやま）に行く年明けのチケットを取った。

ローカル線も含めると片道八時間もかかるし、交通費も結構痛いしで正直気が重いが、越えなければならないことだ。同じ町にいる岩舘夫妻にもきっと筒抜けだろう。

（そうしたら孝太郎にも伝わって、孝太郎は初耳みたいな演技をする羽目になるんだろうな）

両親たちはまさか隼人を撃退するために孝太郎が琴莉の新恋人役を演じたなどとは想像もしないだろう。それを考えるとこの三か月が奇跡に思えて、琴莉はまた切なくなってきた。

隼人は今日、謝りたいといって改まった様子で話しかけてきた。会社内では他人の耳があるので、退勤後に近くのカフェで話をした

『もう聞きたくもないと思うけど、留美とは別れたんだ。一応言っておこうと』

たしかにいらない報告だったが、隼人は牙を抜かれたようにすっかりおとなしくなっていた。

『俺、大学デビューならぬ社会人デビューみたいな、虚勢張ってギラギラしてたというか。いい奥さんもらって、外で女作って……て、英雄色を好むみたいなのを真似して勘違いしてたんだ』

隼人が他人の評価を気にする性分だということは琴莉も以前からわかっていた。

『俺のせいで人生狂わせて本当にごめん』

隼人はそう言って、テーブルに額がつくほど頭を下げた。

『結婚して小さくなったって言われたくなかったんだ。でも琴莉はいつも傍にいて俺を許してくれるって甘えてた。どれだけ琴莉が傷つく結果になるか、深く考えもせずに』

驚いたことに、隼人は会社を辞めることを明かした。

『正気に戻ると恥ずかしくてさ。転職して出直そうと思って』

『私はもう何とも思ってないよ。人生狂わされたとも。自分で決めたことだし他人のせいばかりじゃない。楽しい思い出もいっぱいあったよ』

琴莉がこう言えるのは、もう隼人がすっかり過去になったからだ。

だからだろうか。隼人は少し寂しそうに、眩しそうに笑った。

『いい奥さんをもらえたのに、俺は自分が恵まれてることがわかってなかった』

隼人に退職を決断させたのは何だったのか。それは意外な事実だった。

『この間、上から叱責を受けたんだ。離婚は個人間の事情だから人事評価に影響ないけど、離婚原因の噂が耳に入ったらしくて。そこに留美の仕事のミスもあっただろ。いくら営業成績が良くても肩は持たない、と』

営業エースの隼人を失うことは会社としても避けたいはずだった。隼人自身もそんな叱責を受けるとは思っていなかっただろう。

そして、隼人を改心させた理由はそれだけではなかった。

『離婚までしたけど、琴莉は俺を見捨てないって、根拠もなく信じてたんだ。でもあのイケメンが琴莉の腰を抱いて、すごい圧で。その時の琴莉の表情を見て、やっとわかったんだ。琴莉はもう二度と取り戻せないんだって』

隼人は別れ際にこう言っていた。

『あのイケメンと幸せにな。あいつの圧がかっこよくて、悔しくてさ。自分のかっこ悪さが沁みて、今まで何やってたんだろうって思った』

プライドの高い隼人がここまで言うのは、それだけ彼が心の底から悔やんでいるから。それが伝わってきたので、琴莉は素直に隼人の前途を祈る気持ちだった。でも孝太郎ならきっと〝甘い〟と怒るはずなので、琴莉は〝あのイケメン〟が演技だったことを明かさず、隼人をそれ以上フォローする言葉もかけずに別れた。

離婚はたしかにマイナスだが、琴莉は昔の自分より離婚を経た今の自分の方が好きだ。そんなふうに思えるようになったことを孝太郎に告げたかったが、黙って出てきてしまった。

窓辺に立ち、カーテンを少し開けてクリスマスの夜空を見上げる。それぞれが想いを抱えて迎える年の瀬だ。

いろんな出会いの中で、ずっと一緒にいられる縁は奇跡のようなものだ。でも、一瞬の交差もまた奇跡。

〝抱きしめたくてたまらない〟

〝治ったらね〟

あのやり取りは幻のままだ。孝太郎の声でそう言ってもらえた記憶は琴莉だけの秘密として胸に仕舞っておけばいい。あの夜の〝好き〟も、琴莉だけが知っていればいい。それで十分だ。

〝いつかまた幼馴染として会えたら嬉しいです〟

手紙に書いたあの言葉は今はまだ本心ではないが、いつか本心にできたらいい。

孝太郎と同居するまでは幼馴染とは名ばかりの希薄な関係だと思っていたが、本当はふたりのこれまでの時間が瑞々しい感情に彩られていたことを知った。辿る度に新しい発見がある宝の山のような思い出だったのだと。

だからこの三か月はもっとずっと強烈に琴莉の中に生き続けるだろう。子供の頃の希薄な思い出ですらそうだったように、それとは比較にならない強さと清烈さで、辿る度に知るふたりの感情に何度も胸を締め付けられてしまうのだろう。

でも今はまだ鮮やかすぎて、苦しすぎて無理だった。

少し濡れた頬を拭き、窓から離れて部屋を見回した。ここから立ち上がって歩き始めるのだ。

「荷解きしようかな」

もう一度頬を拭いて自分に号令をかける。

わずかな荷物とはいえ、ここに来た翌日から平日の通勤生活に突入したため作業がままならず、まだ段ボール箱をすべて開封できていない。少しでも綺麗に整った部屋でケーキを食べたいので、食事の支度の前にひと働きすることにした。

一日無人だった部屋は何もかもが冷えていて、エアコンの暖気だけではなかなか暖まらない。厚着できるように衣類とおぼしき段ボール箱から開封することにした。

ひとつ目の箱を開けた琴莉の手が一瞬止まった。一番上にのっているふわふわもこもこの部屋着を取り出し、クローゼットとも呼べない押し入れの衣装ケースに収める。それを孝太郎が〝シマシマ〟と呼んだことは考えないようにした。

ふたつ目の箱の中にあった衣類には土採取に行った時の服が入っていた。

みっつ目の箱は衣類ではなく雑貨だ。

「あ……あったあった」

なくしたと思っていたイヤホンが箱から出てきて、琴莉は喜びの声をあげた。琴莉はいつもきちんとイヤホンケースに収めて管理するので滅多になくさないのだが、荷詰め作業が急ピッチだったせいでケースごと紛れてしまっていたらしい。

そういえば孝太郎はイヤホンをケースに入れずそこら辺にポイと置くので、しょっちゅうイヤホンを探していた。その度に〝そこどいて〟と言われて、ソファで寛いでいた琴莉が退かされたものだった。たしかにかなりの確率で琴莉のお尻の下から出てきたのだが。

それでも見つからない時、孝太郎が重宝している〝イヤホン探し〟というネット動画があって、それをスマホで再生すると部屋のどこかから変な音が鳴り始める。それをよくふたりで騒ぎながら探したものだった。孝太郎は頭がいいくせに、ピンポイントで抜けているのだ。

イヤホンを手にのせたまま回想に耽っていることに気づき、琴莉はまた手を動かし始めた。

しかしまた手が止まる。雑貨の中に交じっていた紙片は、土採取の時に行った蕎麦店の箸袋だった。いつか自分で行く時のために店名の記録としてとっておいたものだ。

〝琴莉が食べたい時、いつでも俺が連れていってやる〟

「いつか自分で行けるように頑張るから大丈夫だよ」

琴莉はそう呟いたあと、それをチェストの引き出しに収めた。

孝太郎がこのチェストを岩舘家の部屋に運んでくれた時、シマシマ呼びの文句を言った琴莉を初めて名前で呼んでくれた。

〝じゃあ琴莉〟

小さな棘が胸を刺し、琴莉は唇を噛んで耐えた。あの時から孝太郎が琴莉を呼ぶ度に、いつもいつもその痛みは琴莉の中にいた。

唇を噛みながらまた黙々と段ボール箱の中の物を取り出し続ける。

「あれっ……？」

洗面所とバスルーム関係の箱から間違って入れてしまったらしい孝太郎のシャンプーボトルが出てきた時、琴莉の目からたまらずに涙が零れた。

耐えても耐えても、何度気を逸らしても、彼から離れて逃げてきたこの部屋の物すべてが孝太郎を思い出させる。

「ケーキ食べよう」

夕飯前でも、気が紛れるならもう何でもいい。作業を放り出した琴莉は頬を拭いながらテーブルにつき、ケーキの箱を開けた。

しかし、帰宅途中で琴莉とともに派手に転んだケーキは元の姿をとどめていなかった。そんなことは予想していたし、味がよければ全然構わないのに、突如琴莉の心が自棄を起こしたように、泣くまいと頑張るのをやめてしまった。

潰れたケーキを眺めながらひとりで泣く。チョコクリームまみれになって横倒しになっているサンタに申し訳なかった。もっと笑って食べてほしかっただろうに。

傍らの床には孝太郎のシャンプーボトルが転がっている。

あれだけ格好がいいくせに彼はまったくこだわりがなくて、ドラッグストアで適当にシャンプーを買ってくる。このシャンプーは大外れで、ふたりとも髪がキシキシになってギブアップしたものだ。

「もう、いらないってば……」

自分が間違えて荷物に入れたくせに、琴莉は孝太郎に文句を言った。言いながら、ボトルを拾い上げて抱きしめて泣いた。

「どうして紛れ込むのよ」

どうしてあんなに優しくしたの。どうして忘れさせてくれないの。孝太郎がいない場所で強く生きていきたいのに、どうして足を引っ張るの。こんなに好きになってしまったら、どれだけ頑張っても忘れられないじゃない――。

その時、アパートの外階段を誰かがものすごい勢いで駆け上がってくる音が聞こえた。

古い鉄製の階段は骨組みがむき出しで、昇降の際に騒々しい音を立てる。しかしアパートの二階には四部屋あるが、そのうち二部屋は空室なので琴莉以外に階段を使うのはもうひとりの住人だけだ。しかもその住民はいつも不在で、琴莉はまだ本人の気配も宅配業者が訪れているところも見たことがない。

外から響いてくる音は錆びた階段が崩壊するのではと思うほどの勢いで、琴莉は泣いていたことも忘れて顔を上げた。

あの勢い、よほど時間に追われている配達員なのだろうか？

でも琴莉には特に荷物が届く予定はない。通販で何も注文していないし、そもそもまだ誰も琴莉のこの住所を知らない。

だからあのすごい勢いの足音は二階のもうひと部屋の住人関係者だろうと考えて、琴莉は外に奪われていた意識をまた自分の世界に戻そうとした。……が、階段を上がりきった足音の次の動きに琴莉はぎょっとした。

二階の廊下にはドアが四つ並んでいるが、階段に最も近いドアが不在がちな住人、続く二部屋は空室、そして廊下の一番奥のドアが琴莉の部屋だ。

その足音はひとつ目のドアの前でわずかに止まったが、またすごい勢いで廊下を進んできたのだ。

（な……何）

この部屋を選ぶ時、二階は階段に近い部屋以外すべて空いていたので、琴莉は一番奥が安全に思えてこの部屋を選んだ。

というのもホラー好きな友人のせいで観る羽目になったサスペンス映画で、凶悪犯が手前にいる人間から狙っていったシーンがあったからだ。だから琴莉の想定では、もし凶悪犯がこのアパートを標的にした場合——そんなことがあるわけないのだがそんな事態になった場合、大変申し訳ないが最初に犠牲になるのは階段に一番近い住人のはずだった。

しかし、足音は階段すぐの部屋の前で一瞬止まっただけで、まっすぐに琴莉の部屋に向かってくる。琴莉はもう完全に凶悪犯設定で震えあがった。

三か月前に実家に孝太郎が踏み込んできた時のことが蘇る。あの時は足音が近づいてきて強盗だと覚悟したが、リビングのドアが開いたらそこに孝太郎が立っていた。あの瞬間から琴莉の恋の運命は動き始めたのだ。

しかしそんな奇跡は二度も起こらない。

玄関ドアは薄くて頼りないし、そもそも鍵が機能しているのかも怪しい。こんなおんぼろアパートを狙う強盗などいないと高をくっていたことを琴莉は心底後悔した。

(何か身を守るもの……)

ドアを蹴破られた時に投げつけようと、琴莉は手にしていた孝太郎のシャンプーボトルを握りしめた。しかし先ほど〝いらない〟と文句を言ったくせに、琴莉にとっては孝太郎の思い出の品のようなそれが傷ついたり割れたりしてしまうのは忍びなかった。シャンプーボトルを置き、おろおろと部屋を見回した。

ケーキを投げつければ怯むだろうか？

そうしている間に足音は部屋の前で止まり、玄関ブザーが鳴った。

このアパートは数十年前に流通していた小さなブザーがついているだけだ。モニターがないので来訪者がどういった人間なのかを確かめることができない。

ブザーは続けて何度も鳴る。強盗ではないのかもしれないが、やはり誰かが来る心当たりがないので、下手に応答してこちらが女性だと知らせてしまうよりこのまま息をひそめてやり過ごす方が賢明だ。

ところが応答がないことに焦れたのか、ドンドンとドアを叩かれた。あの勢いで叩かれては、そのうちドアが壊れてしまいそうだ。

(それだけは防がなければ)

部屋の奥ですくみ上がっていた琴莉がドアを押さえようと玄関に走った、その時だった。

「琴莉！」

その声に琴莉の足も呼吸も止まった。鼓動すら、もう一度その声を聞こうとして動きを止めていた。

(まさか、そんなことあるはずが……)

「琴莉！」

それは紛れもなく孝太郎の声だった。驚きで身動きすらできずに琴莉は数メートル先の玄関ドアを見つめた。感情の高ぶりで喉が詰まって声が出ない。

「琴莉、いるのか？」

ところが、返事をしようと琴莉が必死に喉を絞ろうとした時、激しく叩かれたドアが壊れたのか、変な音とともに開いてしまった。

「琴莉……」

その先に立っていたのは孝太郎だった。かなりの距離を走ったように息を切らし、髪は乱れ、スーツの上着も着ていないシャツにネクタイ姿だ。彼はなぜか焦っているような必死の形相だった。

驚きと嬉しさと、なぜここに彼が来たのかという疑問と不安とがない交ぜになる。

「ド……ドア壊さないでよ！」

しかし、三か月前のあの夜と同じで、混乱し動転した琴莉の口から出てきたのは抗議の言葉だった。

「閉まってなかったぞ」

孝太郎は怒った顔で答えるや否や狭い玄関に入ってきた。閉まっていなかったのか壊れたのかなどもうどうでもいい。

「どうしてこの住所を……」

そう言いかけた琴莉は彼が手に宅配便の送り状を握りしめているのを見てはっと言葉を止めた。孝太郎は琴莉の顔を見て泣いていたことに気づいたらしく、さらにすごい形相になった。

「琴莉、また何かされたのか」

「……え？」

「あいつはやめろ。あいつだけはやめてくれ」

「あいつって誰？」

何が何やらわからず琴莉が聞き返すと、孝太郎が怒鳴った。

「須永隼人に決まってるだろ！」

「ちょっとドア閉めてよ」

いくら住人がいないといっても玄関口で騒いでいると迷惑になるし、それ以前に寒い。

孝太郎は背後のドアを閉めたが、また琴莉に向き直った。

「あいつに泣かされたんだろ。今あの男いるのか？　ちょっと話をさせてくれ」

どうやら孝太郎は琴莉が隼人と復縁してここで一緒に住んでいると思い込んでいる

らしい。

「いないよ。いないっていうか、この部屋は私しか」

「じゃあそこのデカいケーキは何だ」

琴莉が最後まで言い終えないうちに、孝太郎は琴莉の背後に見えているクリスマスケーキの大きな箱を指さした。狭小物件ゆえ、玄関を開けたら目の前がキッチン兼ダイニングでまる見えなのだ。

「あ……あれは」

どう見ても家族かカップル向けサイズのケーキをひとりなのに買った恥ずかしさで琴莉は口ごもった。

おまけに孝太郎は気づいていないようだが、コケたのでケーキは悲惨なことになっている。おひとりさまとして普通にかなり格好悪い。

それにしても、どうしてこんな誤解が生じているのだろう。琴莉は弁明したかったが、こちらが口を開く前に孝太郎が感情を叩きつけるように言った。

「頼むからあいつだけはやめてくれ。俺が耐えられないんだ。部外者の身勝手だとわかってる。それでもだ」

「孝太郎……」

おそらく仕事から帰宅してそのままここまで駆け付けたのだろう。どこから走ったのかわからないが、ここに着いた時の孝太郎は全力疾走したあとのように息を切らしていた。しかも急いで出てきたのか、師走の寒空の下、上着もないシャツ姿だ。

妹分の幼馴染を孝太郎はここまで心配してくれている。そのことに琴莉は胸が詰まる思いだった。同時に切なくてたまらなかった。琴莉が孝太郎に抱く感情は妹としてのものではない。

しかし、ここで孝太郎が苦しげに漏らした言葉に琴莉は目を見開いた。

「琴莉……俺じゃ駄目か?」

呻くように言う孝太郎の目は、高熱でうなされたあの夜に見せたのと同じ熱を持っていた。

「琴莉がどこかでまた泣いてると思うと、苦しくて仕方がないんだ」

「待って。私、本当にここにひとりで住んでるよ。隼人はここを知らないし、来年にはたぶんもう顔を合わせることもなくなると思う。転職するらしいから。本当に一切関係ないのに、どうしてこんな誤解が起きたの?」

するとと孝太郎は琴莉の聞きたくない名前を口にした。

「二谷美佐子にそう言ったんだろ? 夫の元に戻ると」

「えぇっ？」

驚きと同時に不快感と、やはりそうかという呆れとで琴莉はしばし言葉が出てこなかった。孝太郎が帰国したのは一昨日の夜なのに、美佐子と彼がもう会っているという事実も知り、琴莉の胸がしくしくと痛む。さきほど聞いた〝俺じゃ駄目か？〟は、やはり琴莉が願うような意味ではないのだろうか。

孝太郎が硬い表情で続ける。

「俺が寝込んでる時に、たぶん美佐子が琴莉に同居をやめるよう言ったんじゃないかと思う。それも謝りたくて来た」

「美佐子さんがそう言ったの？」

「いや。俺が詰問しても認めなかったけど、そうなんだろ？」

「……うん」

やはり美佐子は琴莉に退去を命じたことを隠しているらしい。それでも孝太郎が気づいてくれたことが嬉しかった。

でも、孝太郎と美佐子が今も関係を持っていると知っているだけに、どれだけ美佐子が不快であっても悪しざまに言うことはできない。

「本当にあいつと復縁してないのか？」

「うん」

これだけは信じてほしい。いくら孝太郎への恋心のカモフラージュになるとしても、復縁の誤解だけは受け入れられない。

だって孝太郎は琴莉のために腹を立て、琴莉を庇って隼人を追い払ってくれたのに、その思いに仇で返すようなものだ。

「私は美佐子さんに逆のことを言ったよ。まったく未練はないって」

「……すまない。誤解して悪かった」

琴莉がきっぱり言うと孝太郎は複雑な表情で頭を下げたが、そのあとぐったりと壁に寄りかかって両手で顔を覆った。

「でも、よかった……」

よほど隼人と復縁するのが嫌だったらしい。ここまで駆け付けた疲れが急に押し寄せたのか、それとも隼人と復縁していなかったことを知って安堵しているのか、孝太郎は両手で顔を覆ったまま動かない。

でも、琴莉はまだ全然すっきりしていない。

「あの……さっき〝俺じゃ駄目か？〟って言ったのは？」

あの言葉が聞き間違いではないということに願いをかける。

琴莉が意を決して尋ねると、孝太郎は両手を顔から外してまっすぐに立ち、琴莉を見つめた。

「そのままの意味だ」

孝太郎は嘘をつかない。本心しか口にしない。

「ここまできたら、はっきり言う」

今まで見てきた彼そのまま、孝太郎は堂々と言った。

「琴莉が好きだ」

自分の耳が信じられなかった。古くて狭い玄関に立ったまま、ただ彼を見つめて全身でその言葉を聞く。

「兄でもない。幼馴染でもない。男として好きだ」

感情の波がじわじわと押し寄せてきて、琴莉の全身を包み込む。こんなふうにはっきりと物を言う堂々とした孝太郎が昔は苦手で、でも今はたまらなく惹かれている。そして彼の口からこんな言葉を向けられているこの瞬間が夢ではないことを願い、壊れてしまうのが怖くて息もできなかった。

「兄みたいな男にこんなことを言われたら気味が悪いだろ。だから言えなかった」

玄関の頼りない裸電球が癖のない髪や完璧な顔立ち、逞しい肩を照らしている。こんなに魅力的な男を兄だと思えるはずがなかった。

「でも熱でうなされた時、つい言ってしまったんだ。あの男を初めて目の当たりにして、妬ましくてたまらなかった。琴莉が結婚したいと思うほど好きだったんだと思うと、俺はあいつよりはるかに早くに琴莉を知ってたのにと」

あの時、隼人は孝太郎に〝お古で残念だったな〟と言い放った。あの言葉を思い出すと孝太郎に申し訳なくてたまらない。

「でも熱で朦朧としてつい言ってしまったあと、琴莉が俺を避けてるのを見て、兄でいるべきだったと後悔した」

「違うよ。私が孝太郎を避けたのは、あの夜言ってくれたことを取り消されるのが怖かったから。ごめん、って謝られるのが怖かったから」

「そんなわけがないだろ」

少しずつ誤解が解けていく。孝太郎の胸に飛び込みたくてたまらない。

しかし、琴莉の前には重大な問題が横たわっている。孝太郎の傍にはいたいが、人生でもう二度と二股をかけられるのは嫌だ。

「でも、美佐子さんと、その……大人の関係なんでしょ？」

「何だって？」

一瞬、孝太郎は宇宙語でも聞いたかのような顔をした。ここまで面食らった顔は初めて見る。

「お、大人の関係。最高の相手と充実した関係で満たされてるから仕事も頑張れるとか……」

あまりに衝撃的で、記憶を消そうとしたから美佐子の言葉に正確かどうかはわからないが、こういうことを言っていたはずだ。孝太郎があまりに長い間唖然としているので間が持たず、琴莉もその内容を口にするのが恥ずかしくて頭に血が上って、すべてぶちまけてしまった。

「一切ない」

ようやく孝太郎は息を吹き返し、怒りを抑え込んだような声でまずは断言した。彼のこういう説明の仕方も好きなところだ。

「美佐子とは付き合ってたけど大昔だ。今はたまに美佐子が大学の研究室の集まりとか学会の聴講に来た時に話はするけど、それも今後は控えてくれと今日言った」

「今日？」

「ああ。夕方家に来た。それで同居について琴莉を下げるような言い方で意見されて口論になった。その際に琴莉は元の旦那と復縁するらしいって言われたんだ。鵜のみにしてすまなかった」

それで孝太郎は宅配便の送り状という唯一の手掛かりを握りしめて上着も忘れて飛び出してきたのだろう。

「少し言いすぎたかもしれないけど、琴莉に岩舘家を去れと勧告したのが許せなくて腹が立ってしまったんだ」

美佐子との関係は長いから、孝太郎にもいろいろ配慮しなければならない部分もあったのだろう。琴莉は男女の関係や恋愛感情がなければもう構わなかったが、孝太郎はすべて断つつもりのようだった。

「美佐子は在学時、そこまで研究に熱意ある姿勢ではなかった。彼女が卒業後も研究室の会合や学会に来るのは学問的な理由ではないなと、薄々感じてはいたんだ。だから彼女を公的な範囲からも追い出してしまったのは琴莉だけが理由じゃない。気に病まないでくれ」

はっきりと物を言う孝太郎にしてはかなりオブラートに包んだ説明のようだった。

〝だって完全に切りたくないから会社に残っているわけでしょう？〟

美佐子と対峙した時の言葉が蘇る。あれはおそらく美佐子自身のことだったのだ。

美佐子は孝太郎と破局したあと、彼との繋がりが切れないよう公的な場でのコネクションを使っていたのだろう。

あの時、琴莉を痛めつけるばかりだと思っていたが、ふとした言葉には女心と苦しい思いが隠されているのだと思うと、美佐子のことはもう恨む気持ちになれなかった。人が悪に染まるのも理由あってのことなのだから。でもこれを孝太郎に言ったらまた〝甘い〟と怒られるだろうが。

「美佐子のせいで不快な思いをさせて悪かった。今後は一切ないよう俺が気をつける」

琴莉は黙って俯いた。

でも、琴莉が隼人と復縁したと美佐子が嘘をついたのは、すべてが悪意だったのだろうか。孝太郎ならすぐにこうやって飛び出していくと、美佐子ならわかっていただろう。

ところがそんなことを噛みしめていると、孝太郎が向きを変えて玄関ドアに手をかけた。

「じゃあ。押しかけて悪かった。ちゃんと鍵かけろよ」

「えっ、帰るの？」

告白しておいて、あんなに感動させておいて、帰ってしまうの？

琴莉は狼狽えて引き止めたが、孝太郎の次の言葉で合点がいった。

「琴莉は俺が兄でなくてもいいか？」

そうだ。琴莉はまだ自分の気持ちを何も告げていなかった。それなのに孝太郎はそんな琴莉に自分だけ直球でぶちまけて帰ろうとする。幼馴染の琴莉には強引に迫ってはいけないのだと、その紳士ぶりが不器用だった。

「うん」

琴莉は孝太郎を見つめて頷いた。

「男の俺でもいいか？」

「うん」

彼との距離は二メートル。長くて遠い、ふたりの十六年間。

「私も……バツイチでもいい？」

「俺は琴莉でないと駄目らしい」

琴莉がおずおずと尋ねると、孝太郎は笑った。

「バツ百でも琴莉なら関係ない」

「百回もそんな目に遭いたくないよ」

琴莉は思わず笑ってしまった。

二メートルの距離はまだそのままだ。くすぐったいこの距離はどうやって飛び越えたらいいのだろう。

「俺は琴莉じゃないと駄目らしいから、琴莉がいないと一生女に縁がないんだ。だって生物学的に琴莉はひとりしかいないからな」

「何でこんな時にまたそれ」

なぜか変な理屈でドヤる孝太郎に呆れて噴き出した。このままだとまたゲノムとかクローンとかの話になりそうだ。

しかし、ここで孝太郎はあの時の目で言った。

「琴莉、抱きしめていい？」

ふたりとも覚えている。何ひとつ忘れていない。

琴莉は涙で霞む目で笑って言った。

「治ったらね」

「もうとっくに治ってる」

孝太郎の言葉が耳に届くのと同時に、琴莉は温かな胸にしっかりと抱きしめられていた。嬉しくて幸せで、琴莉の目から零れた涙が孝太郎のシャツに青いシミを作る。

始まりは彼の胸で泣いたあの夜だったのか、それとももっと前からなのか。すべては今に繋がっている。

「キスしていい？」

その声に琴莉は孝太郎の腕の中で顔を上げた。彼の目にはほんの少しだけ不安に似た懇願するような色が揺れている。

抱き合うまではまだ幼馴染の範囲でいられる。でも、ここからはもう後戻りできない関係なのだ。

「男の俺は嫌じゃない？」

返事の代わりに、琴莉は背伸びをして孝太郎の首に腕を巻き付けた。

「好き」

昔は苦手で怖かった切れ長の目を見つめ、ありったけの恋を告げる。

「孝太郎、好き」

「琴莉」

孝太郎の声は掠れていた。琴莉の頬に彼が触れ、愛おしそうに微笑んだ。

「俺の琴莉」

こんなに優しい目を見たことがない。その甘く温かな視線に身を委ねて琴莉が瞼を閉じた時、ふたりの唇が重なった。

＊＊＊

一時間後、ふたりはおんぼろアパートの部屋でクリスマスケーキを囲んでいた。

あれからキスが止まらなくてずっと抱き合っていたが、琴莉のお腹が盛大に鳴ったのでようやく中断となった。

孝太郎は無残に崩れたケーキを見て、疑わしそうな顔で琴莉に尋ねた。

「何でこんなになったんだ？」

「コケたの」

「やっぱりな」

ふたりはそこで大笑いして、仲よく二本のフォークを持った。

「切らずに食べるのって贅沢だね」

「この状態でどこをどう切るんだ」

そんなことを言いながら孝太郎は食べているが、本当は彼があまり甘い物を食べないことは知っている。今夜だけは付き合ってもらうことにして、琴莉は孝太郎に笑いかけた。

そんな琴莉を見つめ、孝太郎が真剣な顔で言う。

「味見していい？」

「うん」

何のことやらわからず琴莉が返事すると、孝太郎は琴莉の唇についたクリームを舐め取った。

「うまい」

「もう、自分の食べてよ」

「俺がどれだけ紳士的に我慢してるかわかってるのか」

そう言いながらふたりはまたキスを始める。

孝太郎と崩れたケーキを囲むクリスマス。チョコクリームまみれのサンタが笑っている。

年明けに両親に離婚のことを打ち明けたら、きっと大騒ぎになるだろう。それは岩舘家も巻き込んで、賑やかに一生続いていくのだ。

エピローグ　つまりこれを恋と呼ぶ（孝太郎編）

孝太郎が琴莉と出会ったのは高校二年生の春のことだった。

岩舘家は父親が勤務する会社の事情で、これまで何度も転居を繰り返してきた。

しかし、これ以上会社に人生を振り回されるのはご免だと、突如両親はマイホームの購入を決意した。

そんな時に不動産屋から〝奇跡のタイミング〟で超優良物件が売りに出たと言われ、両親がほぼ衝動買いで飛びついたのが藤崎家の隣の家だった。

結果的にこれが運命だったのか、両親は藤崎夫妻とすぐに意気投合し、お互いにひとりっ子家庭ということもあって〝やり直し家族レジャー〟に熱中し始めた。

高校二年生にもなって今さらでもあり、孝太郎はもはや親孝行の感覚だったが、困惑したのが親たちによる琴莉とのマッチングだ。

琴莉は小柄で色白で丸い目をしたおとなしい女の子だった。それまで兄弟がいなかった孝太郎に、もう幼くもないのにいきなりあてがわれた幼馴染。

年上の自分が兄らしくリードするべき立場だとはわかっているが、孝太郎と琴莉が本物の兄妹のように戯れる姿を期待して目をきらきらさせている母親たちの前で白々しい演技もできない。それ以前に優しい振る舞いというのがわからない。

そんなわけで孝太郎は不愛想なままの平常運転だったが、そのせいで琴莉に怖がられてしまったらしく、目が合うといつも顔を伏せられた。

それまで孝太郎は女子から思いを寄せられることはあっても、嫌われることは——少なくとも嫌われていることを意識した経験がなかった。

ところが、琴莉の緊張はそうした女子たちのそれとはまったく違い、好意とは真逆のものであることは明らかだった。

普段の孝太郎は感情を押しつけることも押しつけられることも嫌い、不要な人間はあっさり意識外に処理してしまえる性格だった。

しかし家族行事で一緒に過ごす時、孝太郎は琴莉に嫌われているとわかっているのになぜか捨てておけず、彼女が困った時にすぐに助けてやれるようにいつも意識のどこかに置いていた。

琴莉は優しく控えめでおっとりした女の子だった。自分より他人を優先し、絶対に相手を傷つけない。また運動神経が鈍いらしく始終転んでいた。いつも孝太郎に対しておどおどしているが、好物の甘い物を食べる時はとても幸せそうな顔をする。

（小さな手だな……）

訪れた先で買ってもらった饅頭を彼女が大切そうに両手で包んでいるのを見ると、孝太郎は頼まれてもいないのに守ってやらなければならない気分になった。

あんなに小さな手で、傷つきやすい心で、饅頭であんなに幸せそうな顔をして、しょっちゅう転んでへこみながら生きているのだなと、ありふれたその生態をなぜかはらはらと見守ってしまう。〝小さきは守るべきもの〟という庇護欲のようなものだったのだろうか。

ところが、その庇護欲だと思っていたものが微妙に変化したきっかけがあった。

それは藤崎家との家族ぐるみの交流が始まって半年が過ぎた秋頃、ふた家族で温泉に一泊旅行した時のことだ。

親が入浴に手間取っていたので、孝太郎と琴莉が夕食予定の座敷でふたりきりで待つことになった。明らかに居心地が悪そうな彼女を素知らぬ顔で放置してやるべきだとわかっていたが、孝太郎はその姿に思わず視線を奪われてしまった。

湯上りの琴莉は浴衣姿だった。前髪を上げてあらわになった顔はゆで卵のようにつやつやかで、ほんのり上気している。

無造作に結い上げた髪がほつれている首筋は華奢で、細い肩へと続く曲線はたおやかだ。白くてほっこりして、どこもかしこもすべすべでまろやかで小さくて、何もかもが男と違っていた。

孝太郎は共学で育ってきたので、女子には見慣れている。プールの授業のあとなどはみんなこんな状態だが、いったい何が違うのだろう。目の前の琴莉は女の子の要素を詰め込んだような姿だった。

しかし、見とれてしまった言い訳として孝太郎の口から飛び出したのは、褒め言葉とは程遠いものだった。

『マロだな』

別にけなしたわけではない。たしかに琴莉の眉は薄かったが、それもまた孝太郎には初心(うぶ)で可愛らしく見えた。

むしろ孝太郎にとっては今の女子たちの〝綺麗〟が理解できない。人工的で画一的で、まったく原始の魅力がない。

しかし孝太郎がそう言った瞬間、琴莉の顔がひくっと固まった。丸い目が泣き出しそうに見開かれる。それを見て〝しまった〟と孝太郎は後悔したが、もう遅かった。

親しくもない苦手な男から〝可愛い〟などと言われたら鳥肌ものだろうと思って躊躇った結果こうなってしまったのだが、そもそも何も言わなければよかったのだ。

その後も挽回する機会がないままだったが、孝太郎が受験予備校に通い始めると親たちの合同レジャーは控えられるようになっていった。

（……あ）

予備校からの帰途、駅から自宅に続く道の前方に琴莉の姿を見つけた孝太郎は心の中で声を漏らした。行楽シーズンなのに親たちが自粛しているため、琴莉とはずいぶん会っていない気がする。

ところが、こちらに近づいていた琴莉は不意に脇道に逸れて姿を消してしまった。おそらく琴莉は駅に向かおうとしていたのだろうが、駅に行くならこの道しかないので明らかに不自然だ。

「どうしたの？」

琴莉が入った路地をちらりと見た孝太郎に、隣を歩く二谷美佐子が目ざとく気づいて尋ねてくる。

美佐子は同じ地域から高校に通う同級生で、孝太郎が予備校に通い始めると美佐子も同じ予備校に決め、勝手に登下校を共にされている。

「別に」

路地にもう琴莉の姿はない。孝太郎は美佐子に素っ気なく返事したが、美佐子はさらに尋ねてきた。

「隣の子？」

どうしたのと聞いてみせながら実はしっかり観察している美佐子が鬱陶しくて、孝太郎は返事しなかった。

そんな粘着質な詮索と対極にあるのが琴莉の態度だ。

最近は琴莉と顔を合わせることは滅多にないが、たまに家の前でばったり出くわした時など、琴莉は会釈こそするものの速足で逃げるように去っていく。

（今のは避けられたのかな……まあそうか）

脱兎のごときその後ろ姿を眺めつつ、家族レジャーから巣立っていった〝妹〟に幸多かれと祈るばかりだった。

こうして琴莉と疎遠なまま時は過ぎ、孝太郎は大学から大学院へと進んだ。

スペックがいい孝太郎には常に女子が寄ってくるが、そうした女子と付き合うことは滅多になかった。

ねちっこい計算が嫌いなので、匂わせ程度のアプローチはそれと気づいていてもあっさりスルーする。孝太郎には女心を理解しようという気があまりなく、特にイベントで女性のご機嫌を取るのが苦手だった。マニュアル化された世間の風潮が面倒臭いのだ。幾人かと付き合ってみたが、こんな性格ゆえどうしても長続きしない。

『岩舘くんはもてるんだから、もったいないよ』

こう言ってくれるのは隣の研究室で真面目に芋虫を集めて紋様のメカニズムを研究している久保田だ。

孝太郎には文系学部出身でコンサル企業に勤務するやり手の同級生から理系のオタクまでジャンル問わず様々な友人がいる。

『でも面倒臭くないか？　イベントで喜ばせないといけないとか』

好きになれば自ずと喜ばせたくなるのだろうが、孝太郎には今ひとつその〝好き〟という恋の感情がわからない。

『でも研究畑でそんなこと言ってたら一生ひとりだよ。僕はたぶんそうなっちゃう』

久保田はそう言いながら、前髪を手櫛でかき分けた。

『いいかげんその前髪切れよ。それじゃさすがに女子に嫌われるだろ』

研究で忙しくなると彼は自分の格好に無頓着になるらしく、伸びすぎた前髪を両側に分けた姿はまるでお多福だ。

だ。

『大丈夫、僕は満たされてるから』

久保田はそう言ってほくほくと笑った。彼はアイドルに十分な癒しを貰っているのだ。

『岩舘くん、リアルの女の子が面倒臭いならいつでも言ってよ』

『いや俺はいい』

孝太郎が断るのも聞かず、スマホを取り出した久保田は乗り気で画面を開いた。

『岩舘くんはどんな女の子が好み？』

孝太郎はアイドルにはまる気はないが、久保田が張り切っているので渋々考えた。

『ええと……白くて垂れ目で、眉が薄くてよくコケる』

『すごく具体的だね』

久保田に言われてはっとする。これではまるで琴莉ではないか。

『じゃあこの子とか、この子とかぴったりだよ』

無理やり見せられた画面にはたしかに色白で垂れ目の女の子が微笑んでいた。

しかし、その可愛らしいはずの笑顔を見ても孝太郎はあまり可愛いと思えなかった。

好みの問題ではなく、根本的に違うのだ。

『やめとく』

『えー』

久保田は残念そうだったが、好みのタイプを聞かれて琴莉の要素を挙げてしまった自分に孝太郎は戸惑っていた。ここ数年は琴莉のことを思い出すことすらなかったのに、このこだわりは一体何なのだろう。

琴莉が就職した事務用品メーカーで知り合った相手と交際していることを母親から聞かされたのはそれからまもなくのことだった。

『お隣の琴莉ちゃん、彼氏できたそうよ。小さかったのに大人になるものよねぇ』

『……へえ』

『藤崎さん言ってたけど、すごいイケメンくんなんだって。残念だわ。うちのお嫁さんになってもらいたかったのに』

『……なるわけないだろ』

あれだけ嫌われていたのだから。

ちょうどその年に孝太郎も博士課程を修了して製薬会社の研究員となったところだったが、幼かった琴莉が自分より先に社会人になり、一歩また一歩と遠いところに行ってしまうような一抹の寂しさが胸を掠めていた。

だからというわけではないが、それからしばらくして孝太郎は美佐子に押し切られるようにして交際を始めた。美佐子は長い学友時代に孝太郎の性格を熟知しているし、お互いの活動分野にも共通点が多い。条件は整っているはずだった。

しかし、それまで孝太郎を狙っていた美佐子は一気に結婚に持ち込もうとした。

『ねぇ……孝太郎』

ふたりでどこかに出かけた時、美佐子が雰囲気たっぷりに切り出した。

『私たち、友人関係を含めるともう長いじゃない？　そろそろ考えるべきだと思うの』

先に立って歩く美佐子はここで思わせぶりに間を取った。孝太郎の出方を見ているのだ。

しかし、孝太郎は先ほどから足元の土が気になって仕方がなかった。根拠はないのだがたまに〝この土はいいファージが取れる〟という勘が働くことがあって、それが結構当たるのだ。

孝太郎が何も言わないことに焦れた美佐子はここで立ち止まり、長く艶やかな黒髪を書き上げながら振り返って核心に踏み込んだ。

『私たちの将来のこと』

ところがタイミングの悪いことに、美佐子の決めポーズと孝太郎が『ちょっとごめん』と言って屈んで土を採取し始めたのとは同時だった。

孝太郎のことを熟知しているとはいえ、プライドを挫かれた美佐子は激怒した。

『あんたなんか世の女みんな無理よ！』

しかし孝太郎は謝らず、美佐子にはっきりと別れを告げた。

美佐子に限らず誰が相手であっても、自分の中に結婚という選択肢がないことを悟ったからだった。好きという感情がわからない以上、嘘をついて一生の責任を負うことはできないのだと。

それは琴莉が交際相手と婚約したという知らせを伝え聞いたことと無関係だったのだろうか。〝マロ〟と呼んだ彼女はもういない。微かな喪失感は〝妹〟と過ぎた時代へのノスタルジーだ。

「結婚か……」

そこに至る感情が理解できない以上、自分の未来にそれはなくていい。孝太郎はそう結論づけたのだった。


ところが数年後、留守宅のはずの藤崎家に踏み込んだ孝太郎の前に、もう思い出すこともなくなっていた〝マロ〟は突然帰ってきた。昔のまろやかな可愛らしさはそのままに、琴莉はすっかり大人の女性になっていた。

彼女に見とれてしまったあと、他の男のものであることにチリチリとした謎の感情が胸を刺すのを感じ、自分を立て直すのにしばしの時間を要した。

『二年も経って今さらだけど、結婚おめでとう』

それなのに、琴莉の口から飛び出した言葉は再び孝太郎を狼狽えさせた。

『離婚、しました』

孝太郎が経験したことのない傷を負った彼女を前にしてはどんな言葉も薄っぺらく思え、何も言うことができなかった。

昔と変わらず孝太郎への苦手意識を浮かべている彼女を、これもまた昔と変わらず彼女が困った時に助けられるようそっと見守るしかない。

だから琴莉が空き巣被害に見舞われた時は迷わず行動した。

同居を提案したのも琴莉を助けたい一心だった。琴莉がひとり恐怖に震えていると知っていて、どうして放置できるだろうか。少なくとも男の自分のところにいれば危険は回避できる。

頼まれてもいないのに強引に手助けした自覚はあったし、いまだに琴莉が孝太郎に苦手意識を抱いていることは承知していたので、同居にあたっては極力関わらないと決めた。

ただ、この同居には女性のひとり暮らし状態を避けるという防犯上の目的があったので、それまで研究所に泊まり込むこともあった孝太郎はなるべく早く帰宅して自宅にいる時間を増やすよう心がけた。

琴莉からすればずいぶん暇な仕事だなと思われるだろうが、どう思われようと構わない。

そうして始まった同居生活では、嫌がられているのだから近寄るなと自分に命じても、琴莉と関わらずにいるのはなかなか難しかった。

同じ屋根の下にいるという物理的状況もそうだし、孝太郎自身もついつい彼女のことを気にしてしまう。

たとえば、孝太郎は琴莉に合わせて早起きするようになった。それまでの孝太郎は夜型で朝はかなり遅くまで寝ていた。研究員という自由の利く立場でもあり、夜中の方が論文に集中できるためだ。

（なのに、なぜ俺はこんなにも早起きしているのだろう）

眠気と闘いゼリードリンクを飲みながら、目の前で味噌汁を啜っている琴莉を眺める。

都心までの通勤は大変だし、せめて駅まで車で送ってやりたいが、琴莉はそれを嫌がるだろうか。生活時間を合わせてしまうのは、手助けできることがあればしてやりたいからだった。

傷ついた琴莉にしばらくの間だけでも安心して過ごせる環境をあげたい。傷を癒して立ち直れるまで守ってあげたい、それだけだった。

距離を置いていてもひとつ屋根の下で日々生活していると、琴莉の存在は孝太郎に大きな癒しをくれた。

仮住まいの部屋の中から時折聞こえてくる生活音や鼻歌、冷蔵庫に入れてあるおかずの残り、乾いた洗濯物を嬉しそうに抱きしめる彼女。直接か間接かに関わらず、その気配と存在すべてが彼女らしくて可愛らしかった。

しかし、琴莉がくれるのは癒しだけではない。

いい年齢で経験もある大人の男が何をやっているのかと思うが、孝太郎は琴莉のふと見せる姿や仕草に動悸を速めてしまっていた。風呂上がりやソファでうたた寝している時などふとした姿は可愛らしくもありながら色香もあって、それが孝太郎に妙な緊張を生む。

もしこれが他の女性だったら孝太郎は何も感じずに同居できただろう。実際のところ、美佐子と同居はしていないがどれだけ一緒にいようと何も感じなかったし、美佐子が色香を意識的にアピールしてきた時などは嫌悪感すら抱いてしまった。男の本能を刺激して操ろうとするところが好ましくないのだ。

しかし琴莉はそういうあざとさがまったくなかった。もちろん孝太郎を誘惑しようなどと考えていないからではあるが、もし彼女が男を誘惑しようとしたら、とても可愛らしいものになるだろう。

この不可解な動悸と愛着はいったい何なのだろう。兄的ポジションを越えている気がして、孝太郎は何度も自分を責めた。それを抑えるために、琴莉に対しては常に不愛想な態度を取り続けていた。

そんな時に起きたのがバスルームでの鉢合わせ事件だった。

琴莉と同居するようになってから長風呂を控えていたが、基本孝太郎は風呂好きだ。その日は琴莉の帰りが遅かったので、つい油断してイヤホンなどつけて浴槽でのんびりしていたのが悪かった。

あの時に見てしまった琴莉の姿の記憶はそのあと孝太郎を苦しめた。その瑞々しい美しさは孝太郎にとって絶対的な女性像となった。それが琴莉だからこそであると認めてしまえば、悩ましい未来しかない。

妹であるはずの琴莉に抱く感情の正体を考えないようにしていたが、それを認めざるを得なくなったのが、琴莉とふたりで飲んだ夜だった。

それまで孝太郎が気遣って触れないようにしてきた離婚の真相を、琴莉は涙ながらに打ち明けた。そんな彼女を胸に抱きしめた時、孝太郎は自身を支配するこの感情が恋と呼ばれるものであることを悟った。

思考を凌駕する慕わしさも、彼女の元夫に対する焼け焦げるような怒りと嫉妬も、肌も髪も彼女を構成するすべてに対する崇拝も、それを表現できる言葉はひとつしかなかった。

泣き疲れた琴莉を抱きしめたあの夜、孝太郎は兄の立場を守り通すことを決めた。彼女が傷を癒して飛び立つ時まで、大きな木のように琴莉を守っていたい。

孝太郎にとって、兄でい続けることが琴莉の平和を守るすべだった。安住の地だと思って信頼していた〝兄〟が実は不埒な目で自分を見ていたと知ったら恐怖でしかないのだから。

しかし須永隼人をじかに見てしまったことで孝太郎は嫉妬心のコントロールに苦しみ、兄でいることを守れなくなっていった。そして熱でうなされた夜、琴莉についに言ってしまったのだ。

〝キスしたい〟

一度口にしてしまうと止められなくなった。そんな孝太郎に琴莉は微笑み、優しく髪を撫でてくれた。

〝治ったらね〟

しかし、回復した孝太郎に琴莉はよそよそしかった。あの時に聞いた言葉も琴莉の優しい表情も熱と願望が作り出した幻だったのだろうか。それとも琴莉は孝太郎を宥めるために仕方なく言ったのだろうか。

琴莉に思いをぶつけるか、それともなかったことにして兄に留まるべきなのか。

学会前の多忙な身では何も整理できないまま、孝太郎はアメリカに発った。

ところが、帰国した孝太郎を待っていたのは琴莉のいなくなった空虚な家だった。

元々琴莉は長居したくないと言っていたし、引き止めていたのは自分だったという自覚があったから、孝太郎は苦しみながらも自分を納得させようとした。すべては自分が〝キスしたい〟などと言って琴莉を怖がらせてしまったせい。

琴莉の置手紙に従って冷凍庫を開けると、保存袋に入ったたくさんの惣菜があった。

〝五〇〇Wで三分〟

ひとつひとつに琴莉の字で加熱時間が書き込んであるのを見ていると、その呑気さに腹が立ってきた。孝太郎がどれだけダメージを受けるか、琴莉は全然わかっていない。

恋というものは人を破滅させる。元通りの生活に戻るだけなのに、琴莉がいなければ世界は廃墟だった。

廃墟の中でも孝太郎は琴莉のメモ書き通りの加熱時間で彼女の惣菜を温めて食べた。優しい味に癒されることが辛かった。これがなくなったら、もう何も残らない。

孝太郎の落ち込みは翌日に琴莉から宅配便で届いた鍵を見てさらにひどくなった。送り元の住所を眺めながら、行きたいのを我慢する。琴莉は孝太郎から逃げ出すために出て言ったのだから、追いかけてはいけないのだ。

ところが、帰国した翌々日の二十五日の夜、美佐子から連絡があった。

「今から行ってもいいかしら？」

妙に明るいその声を聞いてふわりとあることに思い至った。

高熱で寝込んでいた時、インターホンの音で目覚めたことがある。すぐにとろとろと眠りに落ちたが、夢うつつに美佐子の顔を枕元に見た気がした。まったく望んでいない眺めだったので、どうしてそんな夢を見たのか不思議だった。琴莉に来訪者がいたか尋ねてもセールスだったと言うので、まあ夢でよかったと思っていたのだ。

あれは現実だったのでは――。

昔から美佐子はなぜか琴莉をマークしていた。もし美佐子が現実に来訪したなら琴莉と対面したはずだ。そして琴莉は突然ここを去った。

つかず離れず、拒絶されないようコントロールしながら美佐子は巧妙に孝太郎に付きまとってきた。

美佐子を突き放せば大学の研究室の仲間にも影響するのでこれまでは避けてきたが、もし美佐子が琴莉に悪意ある振る舞いをしたならもう容赦はしない。

岩舘家にやってきた美佐子を孝太郎は門扉の前で迎えた。

「お届け物があるの。それと、クリスマスのお祝いしましょうよ」

美佐子はいつにも増して優雅に着飾っていた。その手には大学の研究室の茶封筒と、有名店のスイーツ、高級ワインを下げている。

普通なら悪くても玄関先で応対するのに、敷地内にすら美佐子を入れない構えの孝太郎に美佐子が小首を傾げる。

「早く中に入れてよ。孝太郎もシャツじゃないの。寒いでしょ。中でお祝いしましょ」

「何のお祝いだ？」

「クリスマスよ。やあね、孝太郎ったら今日がクリスマスなのも知らないの？　相変わらずなんだから」

そう言って玄関に進もうとする美佐子を片足で制する。もはや礼儀を守る気すら起きない。

「邪魔者を追い出したお祝いじゃないのか？」

「えっ？」

聞き返した美佐子が驚いた顔をしたあと、その目に勝利の色を浮かべたのを孝太郎は見逃さなかった。琴莉が出ていったことを確信したからだ。

「邪魔者って、あの子のこと？　離婚して孝太郎の家に入り浸ってるって噂になってるわよ」

「へえ」

孝太郎は鼻で笑った。これで美佐子は黒だとわかった。噂になどなるものか。琴莉は離婚したことを親にすら言わずに抱え込んできたのだから。

「そうなの、出ていっちゃったのね」

美佐子は形だけ残念そうな顔をしてみせた。

もちろん琴莉が出ていったのは美佐子のせいばかりではない。孝太郎が〝キスしたい〟などと言ったせいだ。

しかし、だからといって美佐子は無罪ではない。離婚したことまで琴莉に言わせたのだから、相当な会話が繰り広げられたはずだ。だから琴莉は〝セールスだった〟と言って美佐子の来訪を隠したのだ。

あの戦闘能力のない琴莉が自分のせいでやり込められたと思うと、孝太郎は悔やみきれなかった。

「でもよかったわ。あの時、呑気に熱で寝ていた自分も許せない。あの子のせいで孝太郎まで評判を下げられるのはもったいないもの」

「彼女に何の問題が？」

「だって幼馴染だからって孝太郎を利用してるのよ。それがわからないの？」

百歩譲って琴莉に利用されていたとしても構わない。彼女の役に立つことを願って兄的ポジションに甘んじてきたのだから。

「金輪際、俺に関わるのをやめろ。今回ばかりはうんざりだ」

「何言ってるの？　私、何もしてないわよ。誤解しないでよ」

美佐子はそう言ったあと、余裕を装いながらやや心もとない表情になった。

「それともあの子に根も葉もないことを吹き込まれたの？」

「彼女と会ったのか？」

「会ってないわ」

「ならばどうして離婚したことを知ってる？」

「だから噂になってるって言ったでしょ」

「なってないね。まあ、しらを切るならもういい」

これ以上会話する価値もないので、孝太郎は美佐子を門前に放置して玄関に戻ろうとした。

「二度と俺に関わるな。彼女にもだ」

ところが、ここで美佐子が孝太郎の背中に爆弾を投げた。

「あの子を呼び戻すのはやめておいた方がいいわよ。元夫のところに帰るって言ってたもの」

「……何だって？」

もう美佐子など無視して家に戻るはずが、孝太郎は思わず飛びあがった。美佐子が琴莉と会ったことを事実上認めたわけだが、もはやそんなことはどうでもいい。

孝太郎は家の中に駆け込み、情けないが捨てられずにとってあった――というかまだゴミの収集日が来ていないからという言い訳はあるが、宅配便の送り状を引っ掴んで玄関を飛び出した。門扉の前にはまだ美佐子がいたが、孝太郎の目にはもう入っていなかった。

須永隼人だけは駄目だ。琴莉がまた泣かされるのだけは——。


数か月後。孝太郎はタキシード姿でチャペルに立ち、琴莉を待っていた。

参列席の一番前には岩舘家の両親と藤崎家の両親が揃っているが、新郎側と新婦側席の区別も無視して両家の母親たちは並んで座り、手に手を取って早くも涙を流している。

クリスマスの夜にふたりが思いをたしかめあった後、年明けに揃って岡山に赴き、両家の親に事の次第を説明した。その時の騒ぎは凄まじいものだったが、非難や反対ではない。

もちろん一度は義理の息子として認めていた須永隼人との顛末を琴莉の両親が受け止めるにはかなりのショックがあったようだが、続いて孝太郎が両家の親を前にして〝琴莉さんとの結婚をお許しください〟と言った時は、上を下への大騒ぎとなった。

琴莉は離婚の報告から少し時間を空けた方がいいと主張していたが、孝太郎が待てなかったのだ。

藤崎家の両親は琴莉の離婚歴を気にしている様子だったが、岩舘家の両親が大喜びで賛成したため、ふたりはめでたく結婚の運びとなった。

〝離婚の何が悪いの〟

岩舘家の母親が藤崎家の母親にこんな声をかけただけでなく、二度目の式をためらう琴莉にも〝ふたりが結婚する姿を見たい〟と温かなお願いをしてくれた。

来賓席には久保田の姿もある。久保田は控室で琴莉を見るなり〝あーなるほど！〟と叫んでいた。かなり照れくさいが、両家の親にカミングアウトした時の決まりの悪さとそのあとに散々受けた母たちからの冷やかしに比べたらたいしたことではない。

『岩舘くん、おめでとう。幼馴染なんだね。よかったね』

満面の笑みでそう言う彼の前髪はやはり伸びすぎた真ん中分けで、来賓の中でもかなり異彩を放っている。研究で忙しいのに来てくれたのだ。

新婦入場が告げられ、チャペルの扉が開かれた。真っ白なレースに埋もれそうな琴莉が父親の手に導かれてゆっくりとバージンロードを歩き始める。孝太郎は背筋を伸ばしてそれを見守った。

しかし、祭壇の前で父親が下がり、琴莉があと一歩進むというところでドレスの裾を踏んづけた。やはり琴莉は肝心なところで転ぶのだ。

琴莉を抱き留めた孝太郎が笑い、腕の中で琴莉も笑った。

君が転ぶ時のために自分がいるのだと、そんな馬鹿げたことを本気で信じられる。

君を守るためなら強くなれるし、嫉妬に苦しむ愚かな男になって、みっともなく走り回ったりもする。他の誰も代わりにはならなくて、君でなければ息もできない。生物学の理屈では証明できない、ただひとりに向けられる無敵の感情。

つまり、これを恋と呼ぶのだ。

おわり

あとがき

この度は『素直になれたら私たちは』をお読みくださり、ありがとうございました。著者の白石さよと申します。まずはベリーズ文庫 with 創刊おめでとうございます！

これまでベリーズ文庫様ではアンソロジーを含めると三作品を書かせていただいておりますが、この度新しいレーベルで再び貴重なご縁をいただけることになり、大変嬉しく、身の引き締まる思いでいっぱいです。

新しいベリーズ文庫 with が読者様とともに盛り上がり、愛されるレーベルになりますよう祈っています。

これまで私は切なく苦しい路線の作品が多かったのですが、今作は等身大ヒロインとヒーローのほのぼの系です。

実は平民ヒーロー派で、こういうほのぼの系も大好きなので、今作はとても楽しく書かせていただきました。ふたりのうだうだとこの先の幸せをずっと書いていたかったです。

お読みくださった皆様にほっこりしていただけたら何より嬉しいです。

素敵な表紙は岩下慶子先生に描いていただきました！　本当に嬉しくて、記念にして、大切にしたいと思います。

実は今回、私が病後という事情もあり記録的大遅延だったのですが、辛抱強く調整し続けてくださった編集様をはじめ、私の遅れを巻き返してくださったスタッフの皆様には土下座してても足りないほどです。

でも、こうして世に送り出すことができたこと、編集様のお声がけから新しいご縁が生まれ、新しい恋の物語が生まれていくことの喜びをしみじみ感じた作品でした。

そして何より、これまで長くベリーズ文庫を応援してくださった皆様のおかげで今こうして書かせていただけていることに心から感謝をお伝えしたいと思います。本当にありがとうございました。

これからもずっと皆様とこの世界を楽しんでいけますように、拙いながらまた物語を紡いでいきたいと思います。

白石さよ

白石さよ先生への
ファンレターのあて先

〒104-0031
東京都中央区京橋1-3-1
八重洲口大栄ビル7F
スターツ出版株式会社　書籍編集部　気付

白石さよ先生

本書へのご意見をお聞かせください

お買い上げいただき、ありがとうございます。
今後の編集の参考にさせていただきますので、
アンケートにお答えいただければ幸いです。

下記URLまたは二次元コードから
アンケートページへお入りください。
https://www.ozmall.co.jp/enquete/IndexTalkappi.aspx?id=2301

素直になれたら私たちは

2025年4月10日　初版第1刷発行

著　者　白石さよ
©Sayo Shiraishi 2025

発行人　菊地修一

デザイン　カバー　コガモデザイン
フォーマット　hive & co.,ltd.

校　正　株式会社文字工房燦光

発行所　スターツ出版株式会社
〒104-0031
東京都中央区京橋1-3-1　八重洲口大栄ビル7F
TEL　03-6202-0386（出版マーケティンググループ）
TEL　050-5538-5679（書店様向けご注文専用ダイヤル）
URL　https://starts-pub.jp/

印刷所　株式会社DNP出版プロダクツ

Printed in Japan

ISBN 978-4-8137-1730-0　C0193

ベリーズ文庫 2025年4月発売

『結婚不適合なふたりが夫婦になったら―女嫌いパイロットが鉄壁妻に激甘に⁉』 紅カオル・著

空港で働く史花は超がつく真面目人間。ある日、ひょんなことから友人に男性を紹介されることに。現れたのは同じ職場の女嫌いパイロット・優成だった！彼は「女性避けがしたい」と契約結婚を提案してきて⁉　驚くも、母を安心させたい史花は承諾。冷めた結婚が始まるが、鉄仮面な優成が激愛に目覚めて…⁉

ISBN978-4-8137-1724-9／定価825円（本体750円＋税10%）

『悪辣外科医、契約妻に狂おしいほどの愛を尽くす【極上の悪い男シリーズ】』 伊月ジュイ・著

外科部長の父の薦めで璃子はエリート脳外科医・真宙と出会う。優しい彼に惹かれ結婚前提の交際を始めるが、ある日彼の本性を知ってしまい…⁉　母の手術をする代わりに真宙に求められたのは契約結婚。悪辣外科医との前途多難な新婚生活と思いきや――「全部俺で埋め尽くす」と溺愛を刻み付けられて⁉

ISBN978-4-8137-1725-6／定価814円（本体740円＋税10%）

『離婚計画は白紙です！～男嫌いなかりそめ妻はカタブツ警視正の甘い愛に陥落して～』 田崎くるみ・著

過去のトラウマで男性恐怖症になってしまった澪は、父の勧めで警視正の壱夜とお見合いをすることに。両親を安心させたい一心で結婚を考える澪に彼が提案したのは「離婚前提の結婚」で…⁉　すれ違いの日々が続いていたはずが、カタブツな壱夜はある日を境に澪への愛情が止められなくなり…！

ISBN978-4-8137-1726-3／定価814円（本体740円＋税10%）

『極氷御曹司の燃える愛で氷の女王は熱く溶ける～冷え切った契約結婚だったはずですが～』 にしのムラサキ・著

名家の娘のため厳しく育てられた三花は、感情を表に出さないことから"氷の女王"と呼ばれている。実家の命で結婚したのは"極氷"と名高い御曹司・宗之。冷徹なふたりは仮面夫婦として生活を続けていくはずだったが――「俺は君を愛してしまった」と宗之の溺愛が爆発！　三花の凍てついた心を溶かし尽くし…

ISBN978-4-8137-1727-0／定価825円（本体750円＋税10%）

『隠れ執着外交官は「生憎、俺は諦めが悪い」とママとベビーを愛し離さない』 白亜凛・著

令嬢・香乃子は、外交官・真司と1年限定の政略結婚をすることに。愛なき生活が始まるも、なぜか真司は徐々に甘さを増し香乃子も心を開き始める。ふたりは体を重ねるも、ある日彼には愛する女性がいると知り…。香乃子は真司の前から去るが、妊娠が発覚。数年後、ひとりで子育てしていると真司が現れて…！

ISBN978-4-8137-1728-7／定価825円（本体750円＋税10%）